TOTENGRÄBERSPUK

Lothar Reichel

TOTEN GRÄBER SPUK

Blacky sieht Gespenster

Buchverlag Peter Hellmund

DER AUTOR

Lothar Reichel wurde in Schweinfurt geboren, arbeitet als Journalist, schreibt Bücher und reist immer wieder nach Irland. Im fünften Schweinfurt-Krimi jongliert er erneut mit der Phantasie zwischen Schein und Wirklichkeit. Denn sehen wir nicht alle manchmal Gespenster?

DAS BUCH

Überstürzt reist Blacky mitten im Sommer nach Irland. Sein Freund Lothar, der dort Schweinfurt-Krimis schreibt, ist spurlos verschwunden. Was ist auf der Grünen Insel geschehen? Während Blacky glaubt, dort Gespenster zu sehen, geschieht das Gleiche zuhause: Paul Neumann, den in Schweinfurt alle nur „Newman" nennen, fühlt sich verfolgt, und es scheint, als würden ihn plötzlich die Schandtaten seines Lebens einholen. Dabei will er doch jetzt endlich ein Wohltäter für die Allgemeinheit sein und dafür sorgen, dass ein Turm der alten Stadtmauer wieder-aufgebaut wird. Aber offenbar tritt er allen möglichen Leuten kräftig auf den Schlips. Ehemalige Freunde, gewinnsüchtige Geschäftsleute und der berüchtigte Ucar-Clan scheinen es auf ihn abgesehen zu haben. Als auf grünem Rasen unterhalb der Stadtmauer ein Skelett gefunden wird, steht nicht nur Kriminaloberkommissarin Kerstin Weiß vor einem Rätsel. Und dann gibt es noch einen Toten – und eine Frage: Wie ist er eigentlich ums Leben gekommen? In Irland stößt Blacky auf eine ominöse Geschichte, die überraschenderweise in Schweinfurt endet.

Cast a cold Eye
On Life, on Death.
Horseman, pass by.

Grabinschrift des irischen Dichters
W. B. Yeats (1863–1939)

Mit großem Dank
an Regine

1

Heisere Schreie der Möwen und das klägliche Blöken von Schafen. Seamus O'Connell hörte das Unglück schon, bevor er es sah.

Er hatte sein Leben an dieser Küste und bei diesen Klippen verbracht, und er hatte gelernt, jeden Laut der Natur zu deuten. Vielleicht wussten die Möwen und die Schafe nichts vom Tod, aber sie reagierten panisch darauf, wenn er an ihnen vorbeizog. Es war nur ein Schemen, den Seamus O'Connell noch wahrnahm, als er über die Schulter zu den Klippen hinüberblickte. Ein formloses Etwas, das sich gleich darauf mit der weißen Gischt des Atlantiks vereinigte.

Der alte Mann legte die Angel beiseite und nahm die Pfeife aus dem Mund.

„Slán leat!", murmelte er in der Sprache seiner Ahnen, die er nur noch ganz selten gebrauchte. Ein endgültiger Abschiedsgruß. „Dann mal gute Reise."

Ungelenk bekreuzigte er sich, so wie es ihm Father Flaherty vor Jahrzehnten beigebracht hatte. Und er rief sich wieder einmal dessen Lieblingsspruch ins Gedächtnis: *Hier bei uns ersäuft ein richtiger Ire in jedem Fall. Entweder im Alkohol oder im Meer.*

Die Möwen strichen aufgeregt übers Wasser. Seamus O'Connell kniff die Augen zusammen und beobachtete die Wellen, die sich am Fuß der Klippen von Ballyluffininish brachen. Aber es war nichts mehr zu sehen. Und so würde es auch bleiben. Genau hier zog eine mächtige Strömung alles aus der Bucht, vorbei an Friar Island hinaus auf die offene See. Da waren nur noch der Atlantische Ozean und das Totenreich der keltischen Ahnen, das weit draußen im Westen liegen sollte.

Seamus O'Connell kramte das Handy aus der Hosentasche, dann zögerte er. Kein Ire rief ohne Not die Garda an. Schließlich überwand er sich. Was sein musste, musste sein.

Gott sei Dank war nicht die neue Zimtzicke am Apparat, sondern der alte Bloom.

„Es ist wieder mal einer von der Todesklippe runtergeplumpst", krächzte Seamus O'Connell. „Nichts mehr zu machen. Aber ihr solltet euch trotzdem mal hier umschauen."

Er warf die Angelschnur wieder aus und wartete auf seinen Fisch, den ihm dieser Tag vielleicht noch bringen würde.

2

Schon um elf Uhr vormittags wusste Okan Demir, dass dieser Tag zu den ganz schlechten gehören würde.

Am frühen Morgen der Anruf aus Dubai. Seine Frau teilte ihm mit, dass Hülya krank sei und sie den Flug nach Deutschland verschieben müsse. Das mochte stimmen, aber es machte ihn misstrauisch, weil sie sich weigerte, Hülya ans Telefon zu holen. Er kannte solche Manöver aus zahllosen familienrechtlichen Streitigkeiten, die er als Anwalt durchgefochten hatte. Exehefrauen und Mütter, die aus den verschiedensten Gründen den Kontakt der Kinder mit dem Vater zu torpedieren versuchten. Meistens ging es um Rache oder Geld. Und um Macht. Okan Demir hatte seine Tochter seit Monaten nicht gesehen; er versuchte seine Enttäuschung zu verbergen und gab sich konziliant.

„Und wann kommt ihr dann?“, fragte er betont sachlich.

„In den nächsten Tagen. Sobald es ihr besser geht. Die Ferien haben ja gerade erst begonnen.“

Es hatte keinen Wert, mit ihr zu diskutieren. Er war der komplizierten und ungewöhnlichen Persönlichkeit Dileks nicht mehr gewachsen, wenn er es denn überhaupt je gewesen war. Alles, was sie einmal verbunden hatte, war Vergangenheit – und mit dieser Erkenntnis musste er leben. Was ihm blieb, war Hülya, aber er wusste, er würde um sie kämpfen müssen. Dilek hatte längst damit begonnen, ihre gemeinsame Tochter in die Einflusssphäre des mächtigen Familienclans hinüberzuziehen, dem sie entstammte. Trotz aller juristischen Winkelzüge, die Okan Demir beherrschte: Das deutsche Familienrecht half ihm da überhaupt nichts mehr. Hier herrschten die Gesetze einer anderen Welt.

Kurz nach neun Uhr verlor er vor dem Amtsgericht Schweinfurt einen Zivilprozess. Das war zwar glasklar zu erwarten gewesen, aber sein türkischer Mandant hatte es bis zuletzt nicht einsehen wollen. Entsprechend wütend hatte er reagiert, sie lieferten sich im stuckverzierten Treppenhaus ein hitziges Wortgefecht, es fielen Drohungen, Okan Demirs Laune sank noch tiefer.

Als er in seine Kanzlei am Georg-Wichtermann-Platz zurückgekehrt war, schob ihm die Sekretärin einen Notizzettel hin. *RA Blechschmitt fordert sofortigen Rückruf* stand darauf. Ungehalten schnalzte er mit der Zunge.

„Fordert?"

„Er hat geschrien", sagte die Sekretärin. „Wie immer."

„Sonst noch etwas?"

„Ja. Herr Neumann will unbedingt vorbeikommen. Noch vor der Mittagspause."

„Auf keinen Fall."

„Das sagen Sie ihm lieber selbst. Ich glaube nicht, dass er mit sich reden lässt."

Okan Demir ging in sein Büro und schloss die Tür. Den Rückruf an den Kollegen Blechschmitt verschob er auf unbestimmte Zeit. Er wusste sowieso, was er zu hören bekommen würde. Auf das, was ihm Paul Neumann einige Minuten später am Telefon sagte, war er nicht vorbereitet gewesen. Es verschlug ihm die Sprache, seine Stimmung erreichte den Tiefpunkt, und der sonnige Tag versank bereits um elf Uhr vormittags in einem bleischweren Grau.

*

Erst hatte Sandra Gall damit begonnen, rigoros abzunehmen. Dann hatte sie ihren Laden aufgeräumt und das Geschäftskonzept gründlich umstrukturiert. Beides war die Folge des Entschlusses gewesen, ihr Leben vehement zu ändern.

Diesen und ähnliche Entschlüsse hatte sie zwar schon öfter gefasst, aber diesmal war es ihr ernst damit wie nie zuvor. Das mochte mit ihrem bevorstehenden vierzigsten Geburtstag zusammenhängen – darüber war sie sich selbst nicht ganz im Klaren –, aber vielleicht noch mehr mit den Ereignissen in der letzten Walpurgisnacht, als sie nur knapp dem Tode entkommen war.* Schon zum zweiten Mal im Leben, denn während ihres großen Selbstfindungstrips durch Asien hatte sie Weihnachten 2004 auf Phuket das Glück gehabt, in allerletzter Sekunde von einem thailändischen Barkeeper aus der zweiten Tsunamiwelle gezogen zu werden, die ihr Hotel danach vollständig zerlegte. Damals war sie nach Schweinfurt zurückgekehrt, hatte eine mehrjährige Reise in ihr Inneres angetreten, auf der sie alle möglichen Stationen der Esoterikwelt abklapperte, und war zur Spezialistin für die großen und kleinen Sinnfragen des Lebens geworden. Schließlich hatte sie ihren Laden in der Petersgasse eröffnet, wo sie neben Räucherstäbchen, Yogamatten und Buddhastatuen auch Antworten anbot. Antworten für die von Sinnkrisen geschüttelten Frauen der Stadt und ihrer Umgebung. Manchmal schlichte Antworten auf schlichte Fragen, die aber immer mit dem großen Ganzen

*Gemeint sind die Geschehnisse in „Walpurgisnacht“ (Schweinfurter Kriminalroman 3)

zusammenhingen, über das „die Sandra" in Wochenendkursen und an Vortragsabenden lange und schwammig reden konnte.

Doch damit sollte jetzt Schluss sein. Sandra Gall warf den schlimmsten Fernostnippes und den blöden Voodookram aus dem Sortiment ihres Ladens und beschloss, sich von der exotischen Esoterik ab- und der wahren Spiritualität zuzuwenden. Sie war seit der Walpurgisnacht mehr denn je davon überzeugt, diese im keltischen Weltwissen zu finden. Also plante sie eine Reise nach Irland, vertiefte sich in die Mythologie der Kelten und setzte sich zum Ziel, eine Druidin zu werden. Eine wirklich weise Frau, gebeutelt von den Stürmen des Lebens, ruhend in sich selbst, fähig zum tiefen Blick hinab in die Geheimnisse des Seins.

Sie wusste, dass dieses Ziel nur mit echter Askese zu erreichen sein würde. Deshalb speiste sich die Motivation für ihr Abnehmprogramm zum ersten Mal nicht aus der Quelle, aus der alle früheren Versuche entsprungen waren: so schlank zu werden, dass sie nach langer Zeit wieder die Blicke der Männer würde spüren können. Im Gegenteil, sie wollte möglichst resistent werden gegen solche Blicke und dieses leidige Kapitel insgesamt und ein für allemal abschließen. Eine Druidin sollte keusch, stolz und frei durchs Leben gehen.

Als Sandra Gall an diesem Tag in ihrem Laden saß, auf Kundschaft wartete und mit spitzen Fingern geraspelte Möhren aß, kam völlig unerwartet der Mann zur Tür herein, in den sie einmal unsterblich verliebt gewesen war.

3

In dem Moment, als Blacky endlich bereit war, eine der schwersten Entscheidungen seines Lebens mit einer Unterschrift zu besiegeln, klingelte das Handy.

Er ignorierte den genervten Blick des Kundenberaters, sah den Namen im Display und nahm den Anruf entgegen.

„Na, wie ist das Wetter in Irland?", sagte er mit der Routine einer alten Gewohnheit.

Einen Augenblick lang blieb es still in der Leitung. Dann eine fremde Stimme: „Wer ist da bitte?"

„Lothar?", fragte Blacky irritiert.

„Wer ist da bitte?", wiederholte die Stimme. Sie war weiblich, etwas rauh, mit einem starken Akzent. Englischer Akzent.

„Ja", sagte Blacky, „das ist die richtige Frage: Wer ist da bitte?"

„Illaun Shaw von der Garda in Killybegs."

„Von der was in wo?"

„Von der irischen Polizei im County Donegal."

„Aha … Und wieso rufen Sie auf Lothars Handy an?"

„Sie wissen also, wem dieses Mobiltelefon gehört?"

„Ja, natürlich", sagte Blacky. „Einem Freund von mir. Aber ich verstehe gar nichts. Wieso rufen Sie mich an?"

„Weil das die letzte Nummer ist, die von diesem Mobiltelefon aus gewählt wurde. Vor drei Tagen."

„Stimmt, da hat er mich angerufen. Er hat gesagt, es würde regnen."

„Hier regnet es meistens. Es ist überhaupt die einzige Nummer, die von diesem Mobiltelefon aus angerufen wurde."

„Lothar hasst Handys. Er hat erst seit kurzem eines. Normalerweise ruft er vom Telefon von zuhause an. Und auch das nur sehr selten."

„Und wer ist dieser … Lothar?"

„Ein Freund. Ein Schriftsteller. Er lebt in Irland. Aber wieso haben Sie sein Handy? Wo ist er?"

„Das wissen wir nicht", sagte die Stimme. „Wir haben dieses Handy gefunden. Am Rand einer Klippe. Einer sehr hohen Klippe."

„Am Rand einer Klippe … Was soll das heißen?"

Blacky spürte ein flaues Gefühl in der Magengegend, er registrierte, wie ihn der Kundenberater gegenüber seltsam anschaute, und dann begriff er, dass er jetzt eine schlechte Nachricht hören würde.

„Es könnte sein, dass Ihr Freund dort hinuntergestürzt ist. Vielleicht ist er auch gesprungen."

„Das ist Quatsch", sagte Blacky. Etwas zu laut, weil ihm der Schreck die Kontrolle nahm. „Niemals. Niemals würde Lothar von einer Klippe springen. Er hat panische Höhenangst. Er ist ein Feigling. Und er ist völlig unsportlich. Er spielt nur Golf."

„Okay", sagte die irische Stimme, „ich verstehe zwar nicht, was das eine mit dem anderen zu tun hat. Aber wir haben Anhaltspunkte, dass es so gewesen ist."

„Welche Anhaltspunkte?"

„Das darf ich nicht sagen. Laufende Ermittlungen. Ihr Freund wohnte in Ballyluffininish, stimmt's?"

„Ja. Aber ich möchte wissen –"

„Wann haben Sie ihn zuletzt gesehen?"

„Vor ein paar Wochen. Er war kurz hier in Schweinfurt. Er kommt immer nur kurz zu Besuch."

„Hat er bei seinem Anruf vor drei Tagen etwas Ungewöhnliches gesagt?"

„Nein, nur das, was er immer sagt: Dass es regnet, aber gleich wieder die Sonne scheinen wird. Dass er schlecht Golf spielt. Dass er mit seinem Krimi nicht vorwärtskommt. Und dass er gleich in den Pub gehen wird."

„Gut, das war's. Danke, dass Sie uns geholfen haben."

„Warten Sie", rief Blacky. „Sie müssen mir schon etwas mehr verraten."

„Muss ich nicht", sagte die Stimme von Illaun Shaw. Dann war die Leitung tot. Blacky starrte das Handy in seiner Hand so eindringlich an, als ob es gleich von sich aus noch etwas preisgeben würde.

„Schlechte Nachrichten?", fragte der Kundenberater. Es sollte teilnahmsvoll klingen, aber er konnte nicht verbergen, dass er sich um das Geschäft sorgte.

„Ich glaube schon", erwiderte Blacky zerstreut.

„Gut, Herr Schwarz, es geht ja auch nur noch um die Unterschriften. Einmal auf dem Leasingvertrag selbst und dann noch …"

„Jetzt nicht", sagte Blacky und stand auf. „Ich hab grad keinen Kopf dafür. Tut mir leid. Ich komme wieder."

„Aber Herr Schwarz, wir verhandeln jetzt seit Wochen, und …"

„Dann kommt es ja auf ein oder zwei Tage auch nicht mehr an, oder?"

„Wie Sie meinen."

Der Kundenberater trommelte mit den Fingern auf dem Schreibtisch. Es war wie ein Paukenwirbel, der zu einem kleinen Trauermarsch wurde, mit dem Blacky das traditionsreiche *Autohaus Kümmel & Ziegel* verließ. Draußen stand die schwarze Fiat Barchetta in der sengenden Sonne wie ein Unschuldslamm, das darauf wartete, geschlachtet zu werden.

Blacky strich mit zwei Fingern vorsichtig über die glühend heiße Karosserie.

„Wir trennen uns doch noch nicht", flüsterte er. „Ich glaube, es ist etwas Schlimmes passiert."

4

Es gehört zu den Rätseln von Schweinfurt, dass man in einer ziemlich überschaubaren Stadt Menschen völlig aus den Augen verlieren kann. Aber vielleicht nur deshalb, weil man sie aus den Augen verlieren möchte.

Sandra Gall hätte ihn damals am liebsten ganz vergessen. Was unmöglich war, denn er tauchte ständig überall auf. Seine Präsenz in der Stadt war beängstigend. Er hatte keinen Einfluss und mischte doch mit. Nie hätte er ein Amt, einen Posten, ein Mandat angestrebt, trotzdem gehörte er dazu. Auf eine unauffällige, nahezu selbstverständliche Weise, die niemand in Frage stellte. Wäre die Bezeichnung *graue Eminenz* bei ihm nicht von vorneherein grotesk gewesen, hätte sie den Nagel genau auf den Kopf getroffen. Doch Lebensgeschichte, Erscheinungsbild und Ausdrucksweise waren so weit von den Vorstellungen einer *Eminenz* entfernt, dass auf diesen Gedanken nie jemand gekommen wäre. So nannte ihn ganz Schweinfurt nur bei dem Spitznamen, den man ihm schon in der Realschule gegeben hatte.

Obwohl er also unübersehbar war, hatte sie ihn seitdem ignoriert. Als er jetzt den Laden betrat, schien es ihr, als wären seit damals erst ein paar Wochen vergangen. Dabei waren es über zehn Jahre. Paul Neumann hatte sich kein bisschen verändert, dennoch spürte sie sofort etwas an ihm, das sie nicht kannte.

„Hey, Newman", sagte Sandra Gall so normal wie möglich. „Lange nicht gesehen."

„Und trotzdem gleich wiedererkannt."

Eine der banalen Schweinfurter Alltagsphrasen. Abgedroschen und leer wie eine Weizenähre im August. Aber überlebensnotwendig in einer Stadt, in der keiner als Redner geboren wird. Phrasen, die ein Minimum an menschlicher Kommunikation aufrechterhielten. Sie gehören zum täglichen Brot. Niemand denkt über sie nach. Schon gar nicht in Schweinfurt.

„Hast dich gar nicht verändert."

„Woher willst du das wissen?"

„Menschen wie du ändern sich nicht."

„Ist das jetzt ein Kompliment oder ein Vorwurf?"

„Beides", sagte Sandra Gall. „Beides."

„Dann wär das ja schon einmal geklärt."

Paul Neumann sah sich im Laden um, und Sandra Gall sah ihn an. Hager und drahtig wie früher, das ledrige Gesicht hatte Falten bekommen. Die Haare hingen immer noch weit über die Schultern herab, aber ihr diffuses Blond war sehr grau geworden. Während sie ihn beobachtete, fiel ihr sein fahriger Blick auf, eine ungewohnte Zappeligkeit, ein leichtes Zittern der Hände. Sie schaute genauer hin, und dann wusste sie, dass ihre erste Intuition sie nicht getrogen hatte.

Paul Neumann hatte Angst, und das war seltsam, ungewöhnlich und beunruhigend.

„Ganz schön viel Klimbim hast du hier", sagte er schließlich, die Unsicherheit überspielend.

„Muss dich ja nicht interessieren." Bemerkenswert, wie rasch sie ihren altvertrauten Ton wiederfanden.

„Immer noch so schnippisch wie früher?"

„Immer noch so unsensibel sie früher?“

„Unsensibel? Ich?“

„Wieso wertest du meine Sachen als Klimbim ab?“

„Weil sie das für mich sind. Und wie du weißt, sag ich immer grad raus, was ich denke.“

„Du hast dich echt nicht verändert.“

„Das hatten wir ja schon geklärt.“

Auch damals hatte Sandra Gall nicht überzeugend auf die Frage von besorgten Freundinnen antworten können, weshalb sie diesen Mann eigentlich so rasend liebte. Denn sie hatte es selbst nicht gewusst. Als er sie dann wegen einer anderen ganz ordinär sitzengelassen hatte und sie vor Kummer fast starb, wusste sie es immer noch nicht. Nach dem Schmerz kam der Hass. Und dann die Gleichgültigkeit. Jetzt fragte sie sich verwundert: Diesen Mann da hatte sie wirklich einmal geliebt? Konnte man sich so irren?

„Und was willst du?“

Er sah ihr einen Moment lang tief in die Augen, erstaunt über den patzigen Ton, den sie angeschlagen hatte.

„Ich brauche deinen Rat“, sagte er. „Vielleicht sogar deine Hilfe.“

„Das ist ja mal wirklich was ganz Neues.“

„Siehst du, es geschehen also doch noch Zeichen und Wunder.“

Paul Neumann nahm die alte, speckige Ledertasche von der Schulter, die er mit sich herumtrug, seit Sandra Gall ihn kannte. Er legte sie auf den Ladentisch und öffnete sie bedächtig. Dann zog er ein kleines Päckchen heraus und hielt es ihr hin. „Du kennst dich doch mit solchen Sachen aus, oder? Muss ich das ernst nehmen?“

*

In der Spitalstraße zelebrierte Schweinfurt *la dolce vita.* Der Sommer brütete über der Stadt, wie immer war bei der beliebteren der beiden Eisdielen kein Tisch mehr frei, und wie immer hatte Cosimo Albanese zu wenig Gäste und viele freie Tische. Sein melancholisch-missmutiger Blick blinzelte auch an diesem Tag gegen die Sonne an, aber das war nur Tarnung, um die Öffentlichkeit zu täuschen.

In Wirklichkeit liefen die Geschäfte bestens – Geschäfte, von denen keiner, der hier entlangflanierte oder sich mit dem Fahrrad rücksichtslos den Weg bahnte, etwas ahnte. Die meisten Schweinfurter waren in ihrem Leben nur bis Rimini gekommen, und sie wussten so gut wie nichts von den Gesetzen des tiefen Südens. Allenfalls hatten sie den Paten gesehen und schwadronierten unbekümmert von Angeboten, die man nicht ablehnen konnte. Damit kratzten sie noch nicht einmal an der Oberfläche einer verborgenen Welt, zu der auch ihre Stadt seit langem gehörte. Hier liefen Fäden zusammen, die ihren Anfang längst nicht mehr nur in Kalabrien oder Sizilien hatten. Sie reichten bis Albanien, Tschetschenien, Aserbaidschan und in die Ukraine, manche sogar bis nach Dubai, Ulan Bator und Hanoi. Sie überkreuzten sich, verhedderten sich immer öfter, es gab gefährliche Schlingen und verräterische Knoten; und wenn zu heftig an den Fäden gezogen wurde, gab es Krieg. Meist war es ein kleiner, schmutziger Krieg, von dem die Öffentlichkeit kaum etwas mitbekam, aber er konnte so grausam und tödlich sein wie alle Kriege.

Oft sehnte sich Cosimo Albanese nach den guten alten Zeiten zurück, als die verborgene Welt noch übersichtlich und halbwegs berechenbar gewesen war. Inzwischen war sie ein Hexenkessel geworden, in dem die giftigsten Mixturen zusammengebraut wurden. Man konnte niemandem mehr trauen, jeder versuchte jeden auszutricksen.

Zwei, die er gar nicht einschätzen konnte, saßen unter einem der Sonnenschirme und tranken Kaffee. Er kannte sie beide, und er kannte über beide einige Geschichten. Sie waren Brüder, der eine Rechtsanwalt, der andere Fotograf. Deutsche Türken, die mühe- und bedenkenlos zwischen zwei Kulturen pendelten. Cosimo Albanese war das suspekt. Er war und blieb Italiener, sein Deutsch war auch nach so vielen Jahren gebrochen und schwerfällig. Schweinfurt war zwar seine Stadt, die Heimat jedoch hieß Kalabrien. Für diese zwei Männer war die Türkei ein fremdes Land, und Cosimo Albanese fragte sich, ob sie überhaupt eine Heimat hatten. Immerhin sprachen sie türkisch miteinander.

*

„Abi, du wirst dich damit abfinden müssen, dass Hülya das Leben ihrer Mutter teilt", sagte Murat Demir zu seinem älteren Bruder. „Es liegt in der Natur der Dinge. Die Bindung zur Mutter ist stärker. Für wen hättest du dich denn als Kind entschieden?"

„Ich habe mich aber nicht entscheiden müssen", erwiderte Okan Demir. „Außerdem kannst du unsere Mutter nicht mit Dilek vergleichen."

„Eine Frau, die du unbedingt heiraten wolltest. Du weißt, wie sehr Vater dagegen war."

„Weil sie nicht aus seiner Welt kam. Er war ein Bauer aus Anatolien und sie eine moderne Frau aus Istanbul."

„Und er war arm und ihr Vater stinkreich."

„Es hätte alles nicht so kommen müssen", sagte Okan Demir.

„Aber es ist so gekommen."

Sie schwiegen und tranken ihren Kaffee.

„Ich habe eine Bitte an dich", sagte Okan Demir nach einer Weile.

„Das habe ich mir schon gedacht. Eigentlich hast du immer eine Bitte an mich, wenn du mich zum Kaffee einlädst."

„Ich brauche nur ein paar Fotos. Zu Beweiszwecken."

Okan Demir setzte seinen Bruder knapp über einen Sachverhalt in Kenntnis, den er selbst erst seit zwei Stunden kannte. Dabei unterschlug er einen wichtigen Aspekt vollständig und deutete einen zweiten nur am Rande an. Dennoch wurde Murat Demir sofort misstrauisch.

„Das riecht nach Ärger", sagte er. „Ich bin doch kein Privatdetektiv. Warum engagierst du nicht einfach einen von der Sorte?"

„Weil es von denen keinen gibt, den ich kontrollieren kann. Man weiß nie, für wen die noch arbeiten. Die ganze Sache muss im kleinsten Kreis erledigt werden. Außerdem kannst du ein paar Euros sicher gebrauchen, oder?"

„Schon, aber das Ganze gefällt mir nicht."

„Das habe ich verstanden. Aber du bist der Einzige, auf den ich mich hundertprozentig verlassen kann. Du bist mein Bruder."

„Weißt du, was ich an unserer Kultur so scheiße finde?", fragte Murat Demir. „Dass man als jüngerer Bruder immer die Arschkarte hat. Man kann nie nein sagen."

5

Blacky tat etwas, was er so noch nie getan hatte.

Er fuhr zur Polizeidirektion in der Mainberger Straße, stellte die Barchetta auf den Parkplatz, ging zur Anmeldung und verlangte Kriminaloberkommissarin Weiß zu sprechen.

Das komplizierte und fragile Verhältnis zu Kerstin Weiß verbot eigentlich solche Spontanaktionen. Und zur Zeit sowieso.

Früher, als sie noch Pressesprecherin der Schweinfurter Polizei gewesen war, lief auf dem Dienstweg manches einfacher. Da waren sie telefonisch ständig in Kontakt, und am Rande blieb immer Gelegenheit, die aktuellen Befindlichkeiten abzuklopfen. Seit ihrem Wechsel zur Mordkommission war alles schwieriger geworden. Beruflich kreuzten sich ihre Wege selten, und ihre private Beziehung war wie immer chaotisch, verworren und uneindeutig.

Kerstin Weiß' Launen und Stimmungen wechselten von Tag zu Tag, sie spielte mit großer Leidenschaft ihr leidenschaftsloses Spiel zwischen extremen Gegenpolen: Sie zog ihn an und stieß ihn ab, sie war mal Geliebte, mal Kumpel, sie war sinnlich und frigide, heiß und kalt. Er konnte sich nicht daran gewöhnen und nahm es trotzdem halbwegs mit Gleichmut hin. Er dachte jeden Tag über eine illusorische Zukunft nach und war über die ungewisse Gegenwart auf eine unzufriedene Art zufrieden. Es war nicht Fleisch noch

Fisch, es war nicht Glück noch Unglück, es war oft ätzend und manchmal schön, es war oft schön und manchmal ätzend. Vielleicht war es einfach das Leben?

Dabei hatte der Sommer nach dem Volksfest eigentlich vielversprechend begonnen. Kerstin Weiß' Eispanzer schien an Sonnentagen dahinzuschmelzen, sie verbrachten Zeit miteinander, Blacky schwebte für zwei, drei Wochen auf duftigen Wolken des Hochgefühls. Dann ergab sich für die Kripo plötzlich eine neue, heiße Spur im Fall des immer noch nicht aufgeklärten Doppelmords an der Eissporthalle. Von einem Tag zum andern verschwand Kerstin Weiß hinter einem Berg von Arbeit und teilte ihm nur lapidar mit:

„Lass mich einfach in Ruhe und stell mir bloß keine Fragen. Wir haben es echt mit einem großen Ding zu tun. Das nimmt Dimensionen an, die keiner geahnt hat. Sobald ich ein bisschen Luft habe, melde ich mich."

Sie meldete sich nicht. Blacky verfluchte die langen, warmen Sommerabende, an denen er einsam auf seinem Balkon saß und über die Dächer der Stadt schaute. Frustriert verfiel er auf den Gedanken, sich zum Trost wenigstens ein neues Auto zuzulegen. Es gelang ihm, aus diesem simplen Vorhaben ein komplexes Drama in mehreren Akten zu machen, bei dem er einen Kundenberater in die Verzweiflung trieb und mit der spürbaren Eifersucht seiner Fiat Barchetta spielte.

Aus all dem erwuchs eines Nachts bei einer Improvisation auf der Gitarre eine elegische Ballade, die er den *Barchetta-Blues* taufte. Ihre schräge Poesie, ihre anspruchsvolle Harmonik und die melancholische Melodie schienen ihm als Einstimmung auf die bevorstehende Reise nach Irland recht geeignet zu sein. Das spornte ihn an, gleich noch ein paar Stücke zu schreiben, in denen er die Launen von weiblichen Lebensbegleiterinnen beklagte: das morgendliche Zischen der chromblitzenden *Saeco,* mit der sie scheinbar unwillig Kaffee produzierte; die sonntagelangen Ermahnungen seiner Mutter, endlich zu heiraten und Enkel zu produzieren; das frühe Verscheiden seiner Katze, die nie Kätzchen produziert hatte; die Unberechenbarkeit der geliebten Gitarre, die manchmal aus dem Nichts heraus merkwürdige Missklänge produzierte.

Nach dem, was ihm Lothar immer vom skurrilen Humor der Iren erzählt hatte, fühlte er sich damit bestens präpariert für seinen ersten Besuch auf der Insel der keltischen Barden. Am Riesenschinken Ulysses von James Joyce war er einst natürlich wie alle pflichtgemäß auf den ersten zehn Seiten gescheitert, aber in der kleinen Disziplin absurder Songs und trauriger Lieder spürte er eine Art Geistesverwandschaft zu Clannad und Konsorten.

Darüber vergaß er in manchen Stunden sogar Kerstin Weiß und das Leben in Schweinfurt insgesamt.

Doch heute, nach dem Anruf von Illaun Shaw, hatte er sofort an sie gedacht. Und sich zu dieser Spontanaktion entschlossen.

„Sind Sie angemeldet?“, fragte der bärbeißige Polizeibeamte in Uniform. Er schien sich bei seinem Kreuzworträtsel gestört zu fühlen.

„Frau Weiß kennt mich“, sagte Blacky. „Ich bin von der Presse.“

„Die Weiß ist aber nicht mehr für die Presse zuständig.“

„Ja, das weiß ich. Es geht ja auch um etwas anderes.“

„Um was geht es denn?“

„Das sage ich Frau Weiß schon selber.“

„Ich muss aber einen Grund nennen, wenn ich Besuch anmelde."

„Dann sagen Sie ihr, es geht um Leben und Tod."

„Na ja, das ist ein Grund", brummte der Polizeibeamte und griff zum Telefon.

Ein paar Minuten später stürmte Kriminaloberkommissarin Kerstin Weiß herein, abgehetzt, müde, verdrossen, sichtlich erzürnt.

„Was soll das denn?", fragte sie ohne einen Gruß. „Komm mit."

Sie nickte dem Polizeibeamten zu, marschierte über einen Flur und öffnete eine graugestrichene Tür.

„Da rein", sagte sie. „Dalli. Ich hab keine Zeit."

„Erst mal hallo", sagte Blacky. Ein kleiner, fensterloser Raum, ein Tisch, zwei Stühle. „Gemütlich hier. Willst du mich verhören?"

„Ja", erwiderte Kerstin Weiß. Sie knallte die Tür zu. „Es geht um Leben und Tod … Hast du sie noch alle?"

„Es geht wirklich darum. Ich bin völlig durch den Wind."

„Ach komm, Christian … Bloß weil ich mich ein paar Tage nicht gemeldet habe. Ich hab dir doch gesagt, dass ich echt im Stress bin."

„Das ist es ja gar nicht. Ich hab vorhin einen Anruf erhalten. Aus Irland."

Er berichtete ihr in hastigen Sätzen von dem Telefonat mit Illaun Shaw.

„Ja und?", sagte sie. „Lothar wird sein Handy verloren haben. Du weißt doch, wie zerstreut er ist."

„Glaub ich nicht. Diese Polizistin hat angedeutet, dass sie Anhaltspunkte haben für … für etwas anderes. Und zuhause ist er nicht. Ich habe ein paarmal dort angerufen."

„Okay. Aber warum kommst du damit zu mir? Ich bin nicht die irische Polizei. Setz dich mit denen in Verbindung."

„Das hat keinen Zweck. Ich habe es ja nochmals versucht. Diese Shaw hat mich sofort abgewürgt und aufgelegt. Könntest du nicht mal – ?"

„Auf keinen Fall", sagte Kerstin Weiß scharf. „Erstens glaube ich nicht, dass irgendetwas passiert ist. Zweitens habe ich keine Zeit. Und drittens ist die Garda in Irland ein ziemlich eigenwilliger Haufen, mit dem nicht gut Kirschen essen ist."

„Mensch, Kerstin, da bitte ich dich einmal um einen Gefallen …"

„Ich habe dir schon verdammt viele Gefallen getan, mein Lieber." Kerstin Weiß' graue Augen verengten sich gefährlich. Das Zeichen, dass sie ungehalten war. „Dir und deinem Radio."

„Ja, aber das hier ist rein privat. Ich mache mir wirklich Sorgen. Ein einziger Anruf … Außerdem, ich dachte eigentlich … dass …"

„Ja?"

„Dass ich dir … schon auch irgendwie wichtig bin."

„Bist du ja auch."

„Ach, tatsächlich?"

„Mensch, jetzt reicht's. Du bist einer von den Männern, die immerzu eine Rückversicherung haben wollen. Eine Art Garantiekarte. Kriegst du von mir aber nicht. Da musst du dich dran gewöhnen. No risk, no fun. Okay? Und jetzt gib mir diese Scheißnummer!"

Blacky zog eine betretene Miene, die jeden leisen Triumph verbarg, und reichte ihr sein Handy.

„Die letzte gewählte Nummer", sagte er.

Kerstin Weiß notierte sich die Nummer und verließ den Raum. Keine fünf Minuten später war sie schon wieder zurück.

„Das ist ja wirklich 'ne Zicke", sagte sie. „Wir sollen uns nicht in die Angelegenheiten der irischen Polizei einmischen. Oder ein offizielles Auskunftsersuchen stellen. Wahrscheinlich so 'ne rothaarige Hexe mit Sommersprossen."

„Und jetzt?"

„Keine Ahnung. Abwarten. Wenn Lothar in zwei, drei Tagen nicht wieder aufgetaucht ist, sagst du Bescheid. Dann überleg ich mir was."

„Nein", sagte Blacky. „Ich will wissen, was passiert ist. Das bin ich so einem alten Freund schuldig. Ich buche meinen Flug um und fliege rüber. Am besten schon morgen."

„Welchen Flug?"

„Ich wollte eigentlich Mitte des Monats für eine Woche nach Irland fliegen. Lothar hat mich schon seit Jahren eingeladen. Ich war noch nie dort."

„Ohne mich?"

„Wie, ohne dich?"

„Na ja, wenn du Urlaub machst … Du hättest mich ja fragen können."

„Ich dachte, du hast keine Zeit."

„Hab ich ja auch nicht. Aber fragen hättest du trotzdem können."

Es war einer dieser Punkte, an denen er einfach aufgab. Schulterzucken. Gute Miene zu einem Spiel machen, das man nicht verstehen musste. Abhaken. Durchstreichen. Fertig.

„Okay", sagte er lahm. „Wieder was gelernt. Ich ruf dich an, wenn ich dort bin. Einverstanden?"

„Klar. Und trink ein Guinness auf mein Wohl. Auf unser Wohl."

„Ja", sagte Blacky. „Auf unser Wohl."

Sie beugte sich vor und gab ihm einen Kuss. Einfach so. Was sie sonst nie tat.

„Und jetzt verschwinde", sagte sie. „Ich hab zu tun."

6

Im engen Schlauch des Kronengässchens lief Okan Demir dem Kollegen Blechschmitt direkt in die Arme. Er schien in der Apotheke gewesen zu sein und war mit einem Nasenspray beschäftigt. Was ihn nicht daran hinderte, sofort unfreundlich zu werden.

„Ich warte auf Ihren Anruf", blaffte er. „Ein bisschen mehr Zuverlässigkeit muss schon sein."

„Viel zu tun", sagte Okan Demir, maliziös lächelnd. „Warum verkehren wir nicht einfach schriftlich miteinander?"

„Weil wir hier in Schweinfurt sind. Da wird erst einmal miteinander geredet. Und zwar Deutsch. Klar und deutlich. Das verstehen Sie doch, oder?"

Rechtsanwalt Gregor Blechschmitt sah ihn aus verschwollenen Augen giftig an. Er zog geräuschvoll das nach oben, was in seiner Nase nach unten wollte.

„Erkältet?", fragte Okan Demir.

„Heuschnupfen. Irgendwelche Sommergräser. Oder Getreide. Roggen. Weizen. Gerste. Was weiß ich. Die Luft ist voll von dem Zeug. Wird Zeit, dass ich in den Urlaub komme. Norderney. Pollenfrei. Aber zuvor bringen Sie Ihren Mandanten zur Räson. Er soll endlich den verdammten Vertrag unterschreiben. Die Zeit läuft uns davon. Und Zeit ist wie immer Geld. Viel Geld sogar."

„Herr Kollege." Okan Demir lächelte erneut, unverhohlen spöttisch. „Er wird nicht unterschreiben. Das wissen Sie doch. Er denkt nicht einmal im Traum daran. Und er hat ganz eigene Träume. Das wissen Sie auch."

„Papperlapapp! Damit kommt er nie durch. Dieser Idiot. Querschädel. Sturkopf. Will er sich ein Denkmal setzen oder was? Ausgerechnet Newman. Der größte Lebenskünstler weit und breit, und dann diese Nostalgienummer. Erst Hippie, Gammler und Kommunarde, jetzt auf einmal Denkmalschützer. Es ist zum Lachen und zum Weinen."

„Unterschätzen Sie ihn nicht. Er hat mehr Leute auf seiner Seite, als Sie und Ihre Klientel vielleicht glauben. Und er ist bereit, für seine Sache in den Kampf zu ziehen."

„Na gut, wenn er Krieg will, dann bekommt er Krieg. Da kann er einen drauf lassen. Dann machen wir halt ein paar sehr alte Fässer auf. Er wird sich wundern, welche Drecksbrühe ihm da entgegenschwappt. Wenn er drin ersaufen will – an mir soll's nicht liegen."

„Ich glaube nicht, dass solche Drohungen meinen Mandanten beeindrucken werden", sagte Okan Demir. „Nicht einen Mann wie ihn."

„Sie werden schon sehn", knurrte Gregor Blechschmitt. Er schniefte und wandte sich zum Gehen. „Habe die Ehre."

Okan Demir schlenderte über den staubigen Georg-Wichtermann-Platz hinüber zu seiner Kanzlei. Gemessen an den Problemen, die sein Mandant Paul Neumann wirklich hatte, schien ihm diese Kriegserklärung eher nebensächlich.

*

Sandra Gall stellte die geraspelten Möhren in den Kühlschrank im Büro ihres Ladens und dachte nach. Eigentlich war sie sich sicher, aber vielleicht war es besser, eine zweite Meinung einzuholen. Dafür kam in Schweinfurt nur eine Person in Frage, allerdings gab es da einen nicht unerheblichen Haken. Sie würde mit verdeckten Karten spielen müssen, sonst konnte sie die Sache gleich vergessen. Und sie musste mit erheblicher Vorsicht zu Werke gehen. Denn Kunigunde Buntvogel war fast krankhaft misstrauisch, listig wie ein Fuchs, und sie hörte das Gras selbst da wachsen, wo keines war.

Am frühen Nachmittag schloss Sandra Gall ihren Laden zu, ging durch die Petersgasse zur Spitalstraße und hinauf zum Marktplatz. Die Tür zur Buchhandlung *Kakadu* stand weit offen, drinnen roch es wie immer nach Räucherstäbchen, trotz der Sommerhitze waren etliche Kunden da. Eine Tatsache, die Sandra Gall auch heute neidisch zur Kenntnis nahm. Ariane, die Nichte von Ewald Collin, fläzte in jugendlicher Lässigkeit hinter der Kasse.

„Wo sind denn die Chefs?", fragte Sandra Gall.

„Kunigunde ist oben und liest den neuen Schweinfurt-Krimi", sagte Ariane. „Und Ewald ist vor ein paar Minuten zu Luc und Joe rübergegangen."

Die drei Musketiere, dachte Sandra Gall. Ewald, Luc und Joe. Der Buchhändler, der Antiquar und der Kaffeebrauer. Immer noch eine verschworene Gemeinschaft, die eisern zusammenhielt. Seit so langer Zeit schon. Der Vierte im Bunde, d'Artagnan sozusagen, hatte den Freundeskreis schon vor Jahren verlassen. Nach einem gewaltigen Streit, wie man gehört hatte, aus dem angeblich sogar eine Todfeindschaft erwachsen war. Niemand wusste Näheres. Wie auch immer, bei Newman durfte man sich darüber nicht wundern. Paul Neumann ging grundsätzlich keiner Auseinandersetzung aus dem Weg und stets mit dem Kopf durch die Wand. Auch wenn darüber eine unverbrüchliche Freundschaft zerbrach. Seine Egomanie nahm das in Kauf. Letztlich war er sowohl ein einzelgängerischer Elefantenbulle, der alles niedertrampelte, dachte Sandra Gall, als auch ein *lonely wolf*, der verschlagen auf den Höhen und in den Tiefen des Lebens herumstrich. Fernab von seinem Rudel, zu dem er sich nur gesellte, wenn er einen Vorteil davon hatte.

Kunigunde Buntvogel, die eben die Treppe herunterkam, würde diese Einschätzung sicher teilen – wenn man sie denn danach fragte. Aber das würde nie jemand wagen. Wenigstens keiner, der die Geschichten kannte, die in Schweinfurt in Umlauf waren. Waren die drei Musketiere ihrem ehemaligen d'Artagnan immerhin noch in Todfeindschaft verbunden, so hatte sich Kunigunde Buntvogel mit der eisigsten Verachtung, die überhaupt nur möglich war, von ihm gelöst. So hatte es Sandra Gall zumindest gehört. Und wie sie die Buchhändlerin kannte, war das die einzig vorstellbare Reaktion. Denn Hass würde sie nie zeigen, weil das ein Gefühl war und sie nie Gefühle zeigte. Eisigste Verachtung dagegen entsprach der Distanziertheit ihres Wesens.

„Ach, die Sandra", säuselte Kunigunde Buntvogel und setzte ihr künstliches Lächeln auf. „Willst du deine Mittagspause bei uns verbringen? Oder gar ein Buch kaufen?"

Wie immer war jeder Satz, den sie sagte, ein kleiner, spitzer Pfeil, getränkt mit dem Gift der Boshaftigkeit. Sandra Gall hatte sich daran gewöhnt, und sie hatte auch erkannt, dass es nicht ernst gemeint war. Es war lediglich ihre Art, Menschen auf Abstand zu halten und sich selbst keine Blöße zu geben.

„Ich habe ein Anliegen", sagte Sandra Gall. „Und ich würde gern deinen Sachverstand in Anspruch nehmen."

„Ich wusste gar nicht, dass du mir Sachverstand zutraust", erwiderte Kunigunde Buntvogel. Das Misstrauen stand ihr schon ins Gesicht geschrieben.

„Ich trau dir alles zu", konterte Sandra Gall. Kunigunde Buntvogel quittierte es mit einem silberhellen Auflachen, als wäre ihr ein Lob gespendet worden.

„Wollen wir in mein Büro gehen?"

Sandra Gall folgte ihr die Treppe hinauf. Das Büro war eher eine Art Bücherhöhle und hätte aus einem Spitzweg-Gemälde stammen können. Auf einem Biedermeiersessel lag *Sommernachtstraum,* der neue Schweinfurt-Krimi.

„Wie ist er?", fragte Sandra Gall und deutete auf das Buch.

„Nicht schlecht. Gar nicht schlecht. Auch wenn die Kollegin vom Roßmarkt schon wieder nichts davon hält. Aber die gute Friederike Vogler lässt sowieso nur Skandinavienkrimis gelten. Voll im Trend der Zeit. Die Wallanderisierung eines ganzen Genres. Verblendung und Verödung … oder wie das Zeug so heißt. Ohne Lars, Arne, Stieg und Jussi geht es nicht mehr. Doch du hast ein Anliegen, sagtest du …"

Sandra Gall zog das Päckchen, das Paul Neumann ihr gegeben hatte, aus der Tasche. Sie öffnete es und nahm den Stein heraus.

„Was ist das?", fragte sie unschuldig.

Kunigunde Buntvogel wog den flachen dunklen Stein in ihren Händen. Betrachtete ihn mit zusammengekniffenen Augen.

„Woher hast du das?"

„Von einem Kunden", log Sandra Gall. „Er will mir den Stein unbedingt verkaufen. Behauptet, er sei eine Rarität."

„Du weißt doch selbst, was das ist", sagte Kunigunde Buntvogel streng. „Warum willst du mir auf den Zahn fühlen?"

„Weil ich mir nicht ganz sicher bin." Das entsprach in gewisser Weise sogar der Wahrheit. „Ich bin mir über die Echtheit nicht im klaren."

„Na ja … Echtheit … Es ist die Todesrune. Nicht mehr und nicht weniger. Aber was heißt echt?"

„Mein Kunde sagt, es sei ein keltisches Relikt. Ein Beweis dafür, dass die Todesrune schon den Kelten bekannt gewesen sei."

„Das ist ausgemachter Blödsinn. Meine Güte, ihr Esoterikfuzzis mengt immer alles durcheinander. Kelten. Germanen. Wer ist denn dein ominöser Kunde?"

„Das kann ich dir natürlich nicht sagen."

„Dann lass es bleiben. Wo hat er den Stein denn her?"

„Angeblich alter Familienbesitz. Sein Urgroßvater hat ihn nach dem Ersten Weltkrieg von den Orkney-Inseln mitgebracht. Er war als Offizier dort, als die deutsche Flotte in Scapa Flow versenkt wurde."

Sandra Gall war über sich selbst erstaunt, wie elegant sie die eigene Familiengeschichte in ihr kleines Lügengespinst verweben konnte. Auf Kunigunde Buntvogel schien sie einigen Eindruck zu machen.

„Ach so", sagte sie. „Das ist natürlich etwas anderes. Dann ist er ja vielleicht doch alt. Ich meine, der Stein ist sowieso alt. Aber die Rune …"

„Ja eben … Die Rune …" Sandra Gall lächelte wie die Sphinx. „Ich habe da noch etwas …"

Sie griff erneut in das Päckchen und brachte das kleine Stück Leder zum Vorschein.

Kunigunde Buntvogel nahm es mit spitzen Fingern. „Hoppla", sagte sie. „Jetzt wird es interessant."

*

Blacky verließ Dieters Reisebüro mit dem Gefühl, bestohlen worden zu sein.

„Kann ich nichts machen", hatte ihm der Chef höchstpersönlich erklärt. „Wenn du so kurzfristig einen Flug umbuchst, kostet das 'nen Haufen Geld."

„Ja, aber fast so viel, wie das Ticket ursprünglich gekostet hat? Das ist doch Wucher!"

„Klar, Billigflieger sind Raubvögel. Die Wegelagerer der Lüfte. Entweder du zahlst, oder du bleibst zuhause. Richte Lothar schöne Grüße von mir aus."

„Ich hoffe, das ist möglich", murmelte Blacky. „Sicher bin ich mir nicht."

Seine düstere Stimmung hellte sich auch im Sonnenlicht der Langen Zehntstraße nicht auf. Er ging Richtung Post und widerstand hinter der Stadtknechtsgasse rechter Hand der Versuchung, sich mit einer Currywurst zu trösten. Auf Höhe der Keßlergasse kam ihm im Schatten des ehemaligen *Kronenecks* Udo Meier, der Leiter des Stadtarchivs, entgegen. Wie stets bestand sein Gruß nur aus einem kaum wahrnehmbaren Zucken der linken Augenbraue. Die ausgeprägte Leichenbittermiene, die er auch heute zur Schau trug, deutete Blacky diesmal als böses Omen. Einige Meter weiter kreuzte dann noch ein ausgewachsener Unglücksrabe seinen Weg – Krimhild Notleid, bis vor kurzem Herrin über Schweinfurts schöne Bilderwelten, war einer bösen Intrige zum Opfer gefallen und hatte ihren Job verloren. Er begann zu ahnen, dass sich tatsächlich Unheil über ihm zusammenbraute. Die Ahnung verdichtete sich zur Gewissheit, als schließlich ein Leichenwagen des Bestattungsunternehmens *Medich* aus der Stepfgasse rangierte und ihm den Durchgang versperrte. Blacky spürte die Gegenwart des Todes, und es fröstelte ihn trotz der Hitze des Nachmittags.

Und dann stand plötzlich, wie aus dem Nichts gekommen, Paul Neumann vor ihm. Newman, mit dem er vor Jahren ab und zu um die Häuser gezogen war. Blacky hatte ihn lange nicht gesehen und musterte ihn überrascht. Er hatte sich nicht verändert und war doch nicht der, den er kannte. Newmans coole Lässigkeit schien völlig verschwunden. Er wirkte fahrig und nervös, seine verquollenen Augen zuckten merkwürdig, und er schnappte fast nach Luft.

„Hey, Blacky", sagte er heiser. „Da, schau hin! Siehst du ihn?"

Er fuchtelte mit dem Zeigefinger in der Luft herum.

„Wen?", fragte Blacky.

„Den Gevatter Tod. Den Sensenmann. Da drüben steht er und glotzt zu uns herüber. Bald wird er uns holen. Verstehst du? Bald."

Blacky war einen Moment nahe daran, sich tatsächlich umzuschauen. Dann schüttelte er den Kopf und sah Paul Neumann mit einem leichten Grinsen ins Gesicht.

„Hast du was genommen? Oder was getrunken?"

„Red kein' Schmarrn. Da bin ich lang drüber weg. Ich seh auch keine weißen Mäuse mehr. Aber den Tod, den seh ich. Er ist hinter mir her. Kennst du den ‚Jedermann', den sie in Salzburg vorm Dom spielen?"

„Ja."

„Hörst du's net? So wie's in Salzburg über die ganze Stadt ‚Jeeedermaaann!' hallt, so ruft's von allen Schweinfurter

Türmen und Dächern ‚Newman … Newman!' Hörst du's net?"

„Wann warst du denn das letzte Mal beim Arzt?"

„Der kann mir auch nicht helfen. Mir kann niemand mehr helfen. Du wirst schon sehn."

Er hob grüßend die Hand und wandte sich ab. Der Leichenwagen bog in die Zehntstraße ein, vom Zeughaus her schrillte ein Martinshorn, die Turmglocke der St.-Johannis-Kirche begann dumpf zu schlagen. Eine Wolke hatte sich vor die Sonne geschoben, und in dem Schatten, der plötzlich über der Stadt lag, ging Paul Neumann mit langen Schritten davon.

Blacky zählte die Schläge der Turmuhr. Es war an der Zeit, nach Hause zu gehen und den Koffer zu packen. Er musste früh zu Bett, die Nacht würde kurz sein, einmal noch hatte er die Pflicht des *Morning Man* zu erfüllen, und dann stand ihm die Reise bevor, die er sich eigentlich ganz anders vorgestellt hatte.

7

Die ersten Aufnahmen von ihr schoss Murat Demir morgens um halb acht.

Erneut würde es ein strahlender Sommertag werden. Schweinfurt leuchtete im Frühlicht, und der kleine Park mit dem hässlichen Namen Am Schuttberg war eine Oase im Berufsverkehr, der links und rechts vorbeibrandete. Hier konnte er sich hinter den Büschen verbergen und nah an sie herankommen. Er kannte diesen Park, wie er alle Winkel der Stadt kannte. Schon als Kinder hatten sie hier gespielt, er und sein Bruder Okan, gar nicht so weit von der elterlichen Wohnung in der Theresienstraße entfernt.

Dort in der Nähe, in der Sattlerstraße, hatte er an diesem Morgen im Auto gewartet, bis sie aus dem Haus kam. Er hatte sich ihr Gesicht und ihre Kleidung eingeprägt, dann war er die Kornacherstraße hochgefahren und hatte den Wagen abgestellt. Am Schuttberg bezog er Position und wartete. Sie tauchte mit ihren Freundinnen zehn Minuten später auf, überquerte die vielbefahrene Hauptstraße und ging schließlich direkt an ihm vorbei.

Unschuldig und brav sah sie bestimmt nicht aus, aber auch nicht aufreizend oder gar lasziv. Sie trug sommerliche Kleidung, helle Jeans, türkisfarbenes T-Shirt, war dezent geschminkt. Aber schon die ersten Bilder, die er im morgendlichen Licht von ihr machte, würden etwas anderes zeigen.

Keine harmlose Schülerin, sondern eine verführerisch schöne, junge Frau. Alles war nur eine Frage der Perspektive und der Belichtung.

Auf Aufnahmen dieser Art verstand sich Murat Demir. Und diese Bilder waren erst der Anfang. Er hatte noch viele Tricks auf Lager, um das zu erreichen, worum sein älterer Bruder ihn gebeten hatte.

*

Kurz entschlossen setzte Blacky an das Ende seiner Sendung *Danny Boy,* gesungen von Sinead O'Connor, das alte, todtraurige Abschiedslied der Grünen Insel, die heimliche Nationalhymne Irlands. Mitten im Sommer vormittags um zehn Uhr war auf Main-Radio Schweinfurt eine wehmütige, langsame Ballade völlig fehl am Platz, aber das war ihm heute egal.

„Ich bin dann mal weg", verabschiedete er sich. „Eine Woche lang wird Sie nun Brigitte Scheuble sanft aufwecken und durch den Vormittag begleiten. Und alle, die ‚Danny Boy' kennen, wissen, wo ich sein werde. Bye-bye."

Der Anschiss in Person von Olaf Röder stand bereits vor der Tür zum Sendestudio.

„Sag mal, hast du sie noch alle", legte der Redaktionsleiter los. „Was spielst du denn da für 'nen Scheiß? Sollen unsere Hörer einschlafen oder gleich Selbstmord begehen? Wir haben summer in the city, falls du das noch nicht gemerkt hast."

„Geh mir aus dem Weg", knurrte Blacky. „Ich hab seit eben Urlaub und keine Lust mehr auf Diskussionen."

„Ach so? Und wem hast du diesen Urlaub zu verdanken? Wer hat sich gestern noch krummgelegt und Vertretungspläne ausgetüftelt, damit du zwei Wochen früher als geplant abzischen kannst?"

„Du, Olaf", lenkte Blacky ein. „Und ich bin dir auch echt dankbar dafür. Aber du weißt ja: Es ist ein Notfall."

„Ja, aber kein Grund, mit dieser irischen Schmonzette bei strahlendem Sonnenschein ganz Schweinfurt und Umgebung runterzuziehen."

„Schon klar. Apropos runterziehen … Hast du Newman in letzter Zeit mal gesehen?"

„Ja. Warum?"

„Ich hab ihn zufällig gestern getroffen. Der war vielleicht drauf. Völlig von der Rolle. Hat nur vom Tod gefaselt, der ihn bald holen wird. So habe ich ihn noch nie erlebt. Hast du 'ne Ahnung, was mit ihm los ist?"

Olaf Röder setzte das Gesicht auf, das er immer aufsetzte, wenn man sein Herrschaftswissen anzapfen wollte. Es sollte schlau und gerissen aussehen, wirkte aber dümmlich und dämlich.

„Na ja, der gute alte Newman", sagte er. „Irgendwann holt halt jeden die Vergangenheit ein. Und dann muss man für seine Sünden bezahlen."

„Weißt du schon wieder etwas, das ich nicht weiß?"

„Ich weiß doch nicht, was du alles weißt", sagte Olaf Röder vorsichtig. „Aber dass ich gemeinhin mehr weiß als du, das solltest du doch längst wissen."

„Okay", sagte Blacky. „Es ist mir grad auch egal. Ich bin dann mal weg."

„Gute Reise. Und viel Erfolg."

„Was immer das jetzt heißen soll."

Blacky verabschiedete sich von Patricia, der Chefin vom Dienst, und ging dann zu Sören Eckenstades Schreibtisch hinüber. Der Volontär, gebürtig aus Wilhelmshaven in Ostfriesland und in Schweinfurt immer noch nicht richtig angekommen, war fast in den Monitor seines Computers hineingekrochen und kaum ansprechbar.

„Ich wollte nur tschüs sagen." Blacky wartete, bis Sören sich bequemte, ihn anzuschauen. „Und dringend bitten, dich aus dem Fall herauszuhalten."

„Aus welchem Fall?" Sören, die Scheinheiligkeit pur.

„Jetzt tu nicht so. Der Doppelmord an der Eissporthalle ist eine heikle Angelegenheit. Brisant und kompliziert. Das ist nichts für Anfänger wie dich. Okay?"

„Ich werd der Kerstin aber schon noch auf die Finger kucken dürfen. Ob sie auch richtig ermittelt."

„Also erstens ist das immer noch die Frau Kriminaloberkommissarin Weiß für dich, und zweitens meine ich genau das: Du hast nicht zu kucken und schon gar nicht zu recherchieren. Halte einfach die Füße still!"

„Ich bin aber nun mal investigativer Journalist mit einer Spezialbegabung für komplexe Mordfälle. Weißt du doch."

„Du bist Volontär, also Auszubildender. Von Journalist kann bei dir noch lange nicht die Rede sein, von kriminalistischen Fähigkeiten ganz zu schweigen. Ich will von Kerstin … also von Frau Weiß keine Klagen hören, wenn ich zurückkomme. Haben wir uns verstanden?"

„Ja, ja."

Sören kroch beleidigt wieder in seinen Monitor, und Blacky verließ den Sender nicht in Urlaubsstimmung, sondern mit einem flauen Gefühl im Magen. Draußen knallte die Mittagssonne, aber sein letzter Blick auf die Wettervorhersage hatte ihm vorhin gezeigt, dass es in Irland gerade regnete.

8

Die Philosophie des Lebens wird in Schweinfurt mit zwei kurzen Wörtern zusammengefasst: „Passt scho". Darin drückt sich aus: eine Grundzufriedenheit mit der eigenen Existenz, die Einsicht in die Unabänderlichkeit des Schicksals, eine gewisse Friedfertigkeit, einiges an Wurstigkeit – und eine notorische Lässigkeit, die man als Savoir-vivre vom Main beschreiben könnte.

Das bedeutet umgekehrt allerdings, dass der Schweinfurter sich gern begnügt, bescheidet, zufriedengibt. Er fällt nicht gerne auf, Widerspruchsgeist und Aufsässigkeit sind nicht seine Sache. Zum lauten Protest ist er eigentlich unfähig. Er begehrt höchstens kurz gegen etwas auf, macht seinem Ärger Luft und sagt dann in einer Mischung aus Resignation und Bequemlichkeit: „Passt scho!" Das machte es den Mächtigen der Stadt von jeher leicht, mit dem Schweinfurter zu machen, was sie wollten. Hintenherum, im Wohnzimmer und an den Stammtischen, wird zwar mächtig gestänkert und besser gewusst, aber die öffentliche Meinung wird in der Öffentlichkeit kaum geäußert.

So war es auch nur ein sehr kleines Häufchen, das an diesem Vormittag an der Altstadtmauer demonstrierte. Es gab zwei oder drei Transparente, die ziemlich zaghaft in die Höhe gehalten wurden, und einen kläglichen kleinen Chor von Stimmen, der ab und zu „Wir sind dagegen" flüsterte. Trotzdem waren vier Einsatzwagen der Polizei aufgefahren, Mikrofone von Main-Radio und dem Bayerischen Rundfunk auf die überschaubare Menge gerichtet, ein Kamerateam von Schnüdel-TV anwesend, und Michel Hilfreich, der Vertreter einer alteingesessenen Tageszeitung, sondierte die Lage.

Oben, auf der Treppe zu den Wallanlagen, stand Paul Neumann wie ein Volkstribun und deutete beharrlich zu einer unauffälligen Stelle des grünen Rasens hinunter. Seine langen grauen Haare klatschten ihm schweißfeucht ins Gesicht.

„Dort", rief er mit der kratzigen Stimme, die eines seiner Markenzeichen war, „dort ist Geschichte. Unsere Geschichte. Die Geschichte einer freien, stolzen Stadt. Dieser Turm ist ein Symbol für den Eigensinn und die Wehrhaftigkeit der Bürger Schweinfurts. Unserer Vorfahren. Nur wenn wir uns daran erinnern, wie frei diese Stadt früher war, findet Zukunft wirklich statt."

Applaus und Blicke auf die unauffällige Stelle des grünen Rasens. Die Kamera von Schnüdel-TV zoomte sie heran. Ganz nah. Ein Turm war dort nicht. Nicht einmal der Rest eines Turmes. Nur grüner Rasen.

„Wenn der Petersturm wieder steht", rief Paul Neumann, „dann haben wir erneut ein Stück Schweinfurt wiederaufgebaut. Aufbauen statt zerstören! Wir müssen damit aufhören, nur Hässlichkeiten in die Welt zu setzen. Unsere Stadt zu verschandeln. Und wir müssen uns von der Herrschaft des Kapitals, des Geldgötzen, befreien."

„Ach Gott", sagte Hartmut Grühn. „Jetzt greift er aber tief in die Mottenkiste seiner Kommunardenvergangenheit. Ausgerechnet er. Er schämt sich wirklich für gar nix."

„Na ja, er ist dein Neffe", sagte Rechtsanwalt Gregor Blechschmitt trocken. Hartmut Grühn sah ihn schief von der Seite an.

„Was soll das denn heißen?"

„Hast du dich in deinem Leben schon mal für etwas geschämt?"

„Ja, hab ich", sagte Hartmut Grühn, der Eigentümer und Patriarch von Schweinfurts ältester Brauerei.

„Ich meinte, im Geschäftsleben."

„Nein, da nicht."

„Siehst du."

Sie standen ziemlich abseits hinter großen Bäumen und beobachteten das kleine Spektakel weiter. Paul Neumann war in Fahrt gekommen und schimpfte ausführlich über das geplante Bauprojekt.

„Anstelle des historischen Petersturms, den ich hier originalgetreu wieder errichten lassen möchte, soll nach dem Willen dieser raffgierigen Investorengruppe und der Schlitzohren der Stadt die nächste große Scheußlichkeit gebaut werden. Und warum? Damit sie alle ihren Reibach machen. Nur darum geht es. Aber ich werde ihnen in die Suppe spucken. Und ich bin froh, dass ihr alle heute gekommen seid, um denen da ihre Grenzen zu zeigen."

Er ballte die Faust wie Che Guevara, mäßiger Beifall antwortete ihm.

„Was will er eigentlich?", fragte Hartmut Grühn. „Warum geht er an die Öffentlichkeit? Das ist doch sonst nicht seine Art."

„Du bist sein Onkel", sagte Blechschmitt. „Du musst wissen, was in seinem Kopf vorgeht."

„Weiß ich aber nicht. Hab ich nie gewusst. Außerdem bin

ich nur der angeheiratete Onkel. Er kommt aus der Familie meiner Frau. Wenn er mein Blut hätte, dann …“

In Hartmut Grühns Augen blitzte für den Bruchteil einer Sekunde der Hass.

„Dann?“

„Hätt ich ihn schon längst fertiggemacht. Erledigt. Zum Abschuss freigegeben.“

„Hartmut!“

„Doch, wirklich. Ausgerechnet Newman. Er ist doch nur ein Parvenü. Was für eine Karriere. Hippie. Junkie. Saufbold. Weiberheld. Und jetzt spielt er sich als treuer Bürger dieser Stadt auf. Ich könnt mich verreckt lachen, wenn's nicht so ärgerlich wär.“

„Aber er hat nun mal Geld. Und er scheint uns so richtig eins auswischen zu wollen. Wenn er das Grundstück nicht verkauft, war's das.“

„Noch ist nicht aller Tage Abend. Wie du neulich schon gesagt hast: Wir müssen ihn in seiner eigenen Dreckbrüh' weichkochen.“

„Das wird 'nen Mordsgestank geben.“

„Vielleicht“, sagte Hartmut Grühn, „fällt mir noch was anderes ein. Und jetzt gehn wir erstmal zum Cosimo und trinken 'nen Aperol.“

Das Grüppchen der Demonstranten zerstreute sich, Paul Neumann ging zu seinem roten Mercedescoupé, das er unauffällig um die Ecke geparkt hatte. Ein bulliger Mann mit Glatze, Sonnenbrille und blütenweißem Hemd, Typ Türsteher durch und durch, wartete dort auf ihn.

„Keine Vorkommnisse, Chef“, sagte er. „Alles ruhig. Die sind wie von der Bildfläche verschwunden.“

„Du musst gut auf mich aufpassen, Wladi“, erwiderte

Paul Neumann. „Hörst Du? Gut auf mich aufpassen. Alle lauern sie auf mich. Überall."

*

Er hatte sie verpasst. Als er kurz nach halb eins die Ignaz-Schön-Straße überquerte, schien das Olympia-Morata-Gymnasium verrammelt und verlassen. Murat Demir ging auf einen Mann im grauen Arbeitskittel zu, der Abfälle zusammenkehrte.

„Sind die schon weg?", fragte er.

„Wer?" Dem Mann stand Misstrauen ins Gesicht geschrieben. Auch fünfzig Jahre des Zusammenlebens hatten die Vorurteile nicht verschwinden lassen.

„Na, die von der Schule. Ich wollt jemanden abholen."

„Hitzefrei. Da sind die immer ganz schnell damit."

Eine vertane Chance. Jetzt musste er sich etwas einfallen lassen.

„Wann beginnen denn eigentlich die Ferien?"

„Warum?" Das Misstrauen bestand nun aus Großbuchstaben.

„Weil ich es halt nicht genau weiß."

„Ham Se keine Kinder?"

„Nein."

„Und wen wollte Se dann abholen?"

Murat Demir spürte den altvertrauten Groll. Sich mit einem deutschen Hausmeister in grauem Arbeitskittel anzulegen, war sinnlos. Und immer wieder eine Versuchung.

„Das ist doch egal, oder?"

„Egal ham wir net. Morgen ist der letzte Schultag."

Dann waren Ferien. Das würde die Sache schwieriger machen.

Er musste sich also wirklich etwas einfallen lassen. Am besten noch heute.

„Danke“, sagte er.

Der Mann wandte sich grußlos ab. Sein Besen schruppte aggressiv über den heißen Asphalt.

9

Er fuhr durchs Grüne. Irland war tatsächlich grün. Und der Himmel blau, mit Schäfchenwolken, die es eilig hatten. Eine halbe Stunde später regnete es, erst heftig und prasselnd, dann in feinen Schleiern, fast sanft. Irland war jetzt grau und trist. Plötzlich kam die Sonne zurück, sie stand schon tief, die feinen Regenschleier glitzerten. Im Westen leuchtete ein orangerotes Licht wie aus einer anderen Welt. Zu den Bergen hin, die vor ihm lagen, spannte sich aus der Ebene heraus ein Regenbogen, und dann ein zweiter. Irland war nun wunderschön.

Inzwischen hatte Blacky sich an den Linksverkehr gewöhnt, an das Lenkrad auf der rechten Seite, daran, dass er mit der linken Hand schalten musste. Dennoch kam ihm alles falsch vor. Er hatte schon immer ein intensives, zärtliches Verhältnis zu Autos gehabt, aber für diesen störrischen Kleinwagen, der sich dem gewohnten Fahrgefühl verweigerte, konnte er keine Gefühle entwickeln. Mit seiner Barchetta verstand er sich blind, und nachdem sie jetzt einsam und verlassen in einem Parkhaus am Flughafen stand, fragte er sich erneut, ob er sich wirklich von ihr trennen sollte. Er musste darüber noch einmal intensiv nachdenken.

Das Navi zeigte ihm an, dass er in einer guten Stunde in Killybegs sein würde. Der blasse junge Mann am Schalter der Mietwagenfirma im Airport von Dublin, der ein Englisch mit abenteuerlichem Akzent sprach, hatte besorgt geklungen, als Blacky ihn nach der schnellsten Route Richtung Donegal fragte.

„Oh, das ist sehr weit weg. Sehr entlegen und einsam. Da müssen Sie auf die Schafe aufpassen. Es gibt viele Schafe dort und wenig Menschen. Am besten mieten Sie sich noch ein Navigationsgerät dazu, sonst verirren Sie sich."

Es widerstrebte seiner sparsamen Art, den saftigen Aufpreis dafür zu zahlen, aber jetzt war er doch heilfroh, das Ding dabeizuhaben. Das Gewirr der Motorways um Dublin herum war ein Labyrinth gewesen, die Nummerierungen der Fernstraßen sagten ihm nichts, die Ortsnamen waren böhmische Dörfer. Nach drei Stunden hatte er Sligo an der Westküste Irlands erreicht, danach wurde die Straße eng und kurvenreich. Zum ersten Mal auf der Fahrt sah er nun das Meer, den Atlantischen Ozean, blau und grün, weiße Gischt sprühte darüber auf. Dann kam der Regen, dann wieder die Sonne, mit ihr der erste Regenbogen, der zweite Regenbogen, eine farbige Doppelbrücke am Himmel.

Erst jetzt verstand Blacky den tieferen Sinn ihres langjährigen Rituals wirklich. Immer, wenn sie telefonierten, hatte er Lothar gefragt:

„Na, wie ist das Wetter in Irland?"

Und Lothar antwortete stets:

„Wie's hier so ist. An einem Tag alle vier Jahreszeiten. Eben hatten wir eine Stunde Frühling. Aber jetzt kommt vom Atlantik her gewaltig der Herbst. Vielleicht ist heute Nachmittag Sommer. Oder Winter. Wir werden sehen."

So war das gewesen. Viele Jahre lang.

Die Regenbögen verblassten und verschwanden. Wie

gingen die alten Märchen und Sagen? Am Ende des Regenbogens war ein Schatz zu finden, ein Topf mit Gold oder so. Und Irland war doch auch die Insel der Feen. Sicher hatten auch sie etwas mit dem Regenbogen zu tun. Und man konnte sich etwas wünschen, wenn man einen Regenbogen sah. Etwas, das dann in Erfüllung ging. Er hatte sich nichts gewünscht. Was auch? Diese Reise hatte er sich so ganz anders vorgestellt. Er wusste nicht, was ihn erwarten würde. Er hatte keine Ahnung, was geschehen war. Im Innern war er unruhig, nervös, zutiefst besorgt. Doch die glühende rote Sonne vor ihm, die den Himmel zu einem magischen Spiegel werden ließ, hatte etwas Tröstliches. Noch ist nicht aller Tage Abend, schien sie zu sagen. Er wusste selbst nicht, warum, aber er verstand es als Botschaft. Die Kompassnadel im Navi zeigte ihm, dass die Straße jetzt direkt nach Westen führte.

Wie hatte Lothar immer gesagt? Ich lebe ganz weit im Westen, kurz vor dem Ende der Welt.

Killybegs, das Blacky bei Einbruch der Abenddämmerung und Nieselregen erreichte, roch nach Fisch. Er fuhr an Fischfabriken vorbei, die große Meeresbucht war von Fischkuttern übersät, und im Hafen mitten im Ort lagen Fischtrawler vertäut. Killybegs verströmte den Charme eines Industriegebietes mit strengem Geruch. Er beschloss auf Anhieb, es nicht zu mögen.

Das Navi lotste ihn zur Garda-Station unmittelbar am Hafenbecken. Blacky parkte den unsympathischen Kleinwagen, hielt den Atem an, als er durch die frische Fischluft ging, und betrat die Wache der irischen Polizei. Drinnen war es nicht besser als draußen. Ein Gedünst aus Klogestank, Zigarettenqualm und muffigem Aktenstaub waberte ihm entgegen. Der triste Gang hatte einen löchrigen Linoleumboden, die Wände waren schmutzig grau, vollgepinnt mit Fahndungsplakaten und gelben Schildern mit dem Hinweis, dass Alkohol und Drogen gefährlich seien. Am Ende des Ganges ein Büro mit zwei großen Schreibtischen, uralten Drehstühlen und einem korpulenten Polizisten in blauer Uniform.

Der korpulente Polizist hatte ein hochrotes Gesicht und eine Whiskeyflasche auf dem Schoß. Irgendwie schien er verblüfft, erstaunt, erschrocken und fassungslos zu sein. Der Satz, den er dann hervorstieß, mochte auf entfernte Weise englisch sein, aber Blacky verstand kein Wort.

„Guten Abend", sagte Blacky. „Ich würde gern mit Miss Shaw sprechen. Illaun Shaw. Ich hoffe, ich spreche den Namen richtig aus."

„Hä?"

„Miss Shaw. Ihren Dienstgrad weiß ich nicht. Sie hat mich angerufen."

„Hä?"

„Wegen meines Freundes. Die Polizei hat sein Handy gefunden. Angeblich ist er von einer Klippe gestürzt. Ich komme aus Deutschland."

Nun fiel offensichtlich ein Groschen. Der Polizist sah auf die Whiskeyflasche, stellte sie mit Vehemenz auf den Tisch und sprang erstaunlich agil vom Stuhl hoch.

„Misses Shaw", sagte er. „Sie ist verheiratet. Ich bin Sergeant Bloom."

Sein Englisch klang jetzt völlig normal, fast akzentfrei.

„Meine Kollegin ist nicht mehr da. Sie hat schon Feierabend. Aber ich rufe sie an. Sie soll noch einmal herkommen."

„Das ist mir jetzt nicht so recht", erwiderte Blacky. „Wenn sie doch schon frei hat. Ich bin leider ziemlich spät dran."

„Macht nichts. Wenn Sie schon eigens gekommen sind. Und wo doch Ihr Freund tot ist."

„Ich weiß nicht einmal, ob er wirklich tot ist", sagte Blacky. „Es ist alles ziemlich merkwürdig."

„Natürlich ist er tot. Was soll er denn sonst sein? Wenn einer die Todesklippe runterfällt, ist er tot. Mein Beileid."

Sergeant Bloom schüttelte Blacky feierlich die Hand. Dann griff er zum Telefon. Er redete in einer völlig unverständlichen Sprache. Es musste sich um Gälisch handeln, die alte keltische Sprache Irlands.

„Sie will nicht kommen", verkündete er. „Hat das Essen auf dem Herd stehen. Wir können aber rüberfahren. Ist nicht weit. Sie hat ein Stew gemacht. Das reicht für alle."

Mit der Routine langer Gewohnheit verstaute er die Whiskeyflasche im Schreibtisch und nahm die Dienstmütze vom Haken. Der Streifenwagen stand in einer schmalen Einfahrt neben der Wache. Blacky verkniff sich mit Willensanstrengung jeden Zweifel an der Fahrtüchtigkeit von Sergeant Bloom. Er war in seinem Leben nicht viel gereist, aber eines war klar: Wenn du in fernen Ländern bist, fährst du am besten damit, die Sitten und Gebräuche der einheimischen Bevölkerung nicht zu kritisieren. Immerhin bugsierte der Polizist den Streifenwagen anstandslos aus der engen Einfahrt, ohne auch nur einen Blick nach hinten zu werfen.

Ist nicht weit schien in Irland relativ zu sein. Sie verließen Killybegs und fuhren endlos auf einer erschreckend kleinen, engen Straße. Sergeant Bloom nahm die vielen Kurven mit Schwung, Blacky registrierte besorgt, dass sich das Meer nicht weit von ihnen unterhalb steiler Abhänge befand.

„Wie lange sind Sie schon bei der Polizei?", fragte er.

„Über vierzig Jahre."

„Und immer hier unterwegs gewesen?"

„Immer hier unterwegs gewesen."

Das beruhigte einigermaßen. Dazu kam, dass Sergeant Bloom viel zu erzählen wusste, von dem Blacky nicht allzu viel verstand. Denn je mehr er redete, desto mehr verfärbte sich sein Englisch zu einem krächzenden Idiom, das wohl so etwas wie der Dialekt der irischen Westküste war.

Irgendwann schien er auch Geschichten von der Todesklippe zum Besten zu geben. Blacky war froh, das meiste davon nicht mitzubekommen. Allein der Klang des Wortes *Todesklippe* machte ihm Angst. Vielleicht war ja das Schreckliche doch geschehen?

„Der alte Seamus hat alles gesehen", sagte Sergeant Bloom wie zur Bestätigung. „Und jetzt sind wir da."

Ein alleinstehendes, abgelegenes Haus, wie es schien. Es war jetzt nahezu dunkel. Über der Eingangstür brannte Licht. Ein steifer Wind war aufgekommen. Als er aus dem Wagen gestiegen war, hörte Blacky ganz nah die Brandung des Meeres.

„Ganz schön einsam hier", sagte er.

„Wer's mag", antwortete Sergeant Bloom. „Ich wohn mit meiner Molly mitten in der Stadt. Da sind's nur ein paar Schritte bis zum nächsten Pub."

Die Haustür wurde geöffnet, und eine junge Frau im Rollkragenpullover trat ihnen entgegen.

„Das ist Inspektorin Shaw", sagte der Sergeant. „Und das ist –"

„Christian Schwarz", kam ihm Blacky zu Hilfe. „Aus Deutschland. Der Freund von Lothar."

„Hi, Chris", sagte Inspektorin Shaw. „Ich bin Illaun. Kommt rein."

Illaun Shaw war keine sommersprossige, rothaarige Hexe, wie Kerstin Weiß geunkt hatte, sondern ein aparter, fast südländischer Typ mit dunklen Locken. Große schwarze Augen mit langen Wimpern. Blacky hatte sich eine Irin anders vorgestellt.

Innen hatte das Haus etwas von einer Puppenstube. Ziemlich viel geblümte Laura-Ashley-Dekoration. Im Wohnzimmer ein großer Kamin mit Nippes auf dem Sims. Ein Mann erhob sich aus einem Lesesessel, der mit kariertem Stoff überzogen war.

„Mein Mann Ken", sagte Illaun Shaw. „Wir wollten gerade essen. Habt ihr Hunger?"

Sergeant Bloom nickte eifrig, und Blacky schloss sich ihm an. Die Polizistin ging in die Küche und kam mit einer großen Schüssel zurück.

„Irish Stew", erklärte sie. „Ich hoffe, es schmeckt Ihnen, Chris."

Blacky verabscheute Hammelfleisch und Gemüsesuppe mit Kartoffeln, überwand sich höflich und fand es sogar recht schmackhaft. Sergeant Bloom und Ken Shaw aßen schweigsam und konzentriert, Illaun Shaw hatte ins Deutsche gewechselt und sprach allgemein und akzentreich übers Wetter.

„Woher können Sie eigentlich so gut Deutsch?", fragte Blacky.

„Ich war mal als Au-pair in Hannover", sagte sie. „Lange her."

„Sind Sie hier aus der Gegend?"

„Ja. Kann man so sagen."

Blacky versuchte es mit ein paar weiteren persönlichen Fragen, aber ihre Antworten fielen immer einsilbiger aus.

„Und was wollen Sie eigentlich hier?“, fragte sie dann unvermittelt auf Englisch. Offensichtlich sollte Sergeant Bloom jetzt mitbekommen, was gesprochen wurde.

„Herausfinden, wo mein Freund ist.“

„Ich fürchte, er ist tot. Sein Cottage ist verlassen. Wir haben das Mobiltelefon gefunden. Direkt am Klippenrand. Der alte Seamus hat gesehen, wie jemand von der Klippe gefallen ist. Vielleicht ein Unfall. Wahrscheinlich Selbstmord.“

„Das ist völliger Unsinn.“

„Nichts Ungewöhnliches hier im Westen. Die Menschen neigen zur Schwermut. Erst saufen sie, dann machen sie sich davon.“

„Mein Freund ist nicht von hier. Er hat keine Probleme. Wenigstens keine großen. Wir waren verabredet. Er hat meinen Besuch erwartet.“

„Ein Suizid erfolgt häufig aus einer scheinbar völlig normalen Situation heraus. Wie gesagt, wir haben das hier oft. Leider.“

„Sie sagten am Telefon, Sie hätten irgendwelche Anhaltspunkte?“

„Schon. Ihr Freund war Schriftsteller, nicht wahr?“

„Ja. Er schreibt Kriminalromane.“

„Mein Mann übrigens auch. Er ist hier in Irland sehr bekannt.“

„Ach, tatsächlich?“

Blacky sah Ken Shaw interessiert an. Ein untersetzter Mann mit grauem Bart und ähnlich geröteten Wangen wie Sergeant Bloom. Mürrisches Gesicht. Er war wesentlich älter als seine Frau, mindestens zwanzig Jahre.

„Kannten Sie … kennen Sie meinen Freund dann zufällig?“

„Nein. Er war ein Fremder.“

Kein Wort mehr. Ken Shaw löffelte weiter sein Stew und sah dabei geradewegs auf den Teller.

„Diese Anhaltspunkte …“ Blacky versuchte es bei Illaun Shaw mit einem charmanten Lächeln. „Können Sie mir darüber etwas sagen?“

„Sorry. Unsere Ermittlungen sind noch nicht abgeschlossen.“

Standen die Iren nicht im Ruf, Sturköpfe zu sein? Blacky spürte, wie er auf Granit biss.

„Hat man denn wenigstens versucht, etwas zu finden? Unterhalb der Klippe oder im Meer?“

„Zwecklos“, schaltete sich Sergeant Bloom ein. „Wie sagt der alte Seamus immer so schön? Wer da draußen absäuft, braucht keinen Totengräber mehr. Der ist weg für alle Zeiten.“

Ein Augenblick betretener Stille. Alle hatten aufgehört zu essen.

„Was haben Sie denn jetzt eigentlich vor?“, fragte Illaun Shaw schließlich.

„Ich möchte mich vor Ort umschauen. Vielleicht finde ich ja doch einen Hinweis oder eine Spur. Keine Ahnung. Na ja … und außerdem … vielleicht muss ich mich ja um ein paar Dinge kümmern. Ich würde natürlich auch gern das Cottage sehen. Aber ich habe ja keinen Schlüssel.“

„Es ist offen“, sagte Illaun Shaw. „In Ballyluffininish verschließt niemand seine Tür. Wir waren dort und haben alle Spuren gesichert.“

„Welche Spuren?“

„Sorry. Wie gesagt: laufende Ermittlungen. Ich würde ja mitkommen, aber ich habe morgen Distriktkonferenz in Donegal. Und Sergeant Bloom muss in Killybegs den Posten halten. Sie werden also allein fahren müssen."

„Kein Problem. Obwohl … Mein Navigationsgerät kennt Ballyluffininish nicht. Ich habe in Dublin schon versucht, es einzugeben. Fehlanzeige."

Illaun Shaw lächelte maliziös.

„Die Welt endet in Glencolumbkille", sagte sie. „Dann kommt nichts mehr. Und dann kommt noch Ballyluffininish. Sie werden von selber da nicht hinfinden. Sie müssen sich durchfragen."

„Und das Cottage?"

„Jeder in Ballyluffininish kann es Ihnen zeigen. Falls jemand bereit ist, mit Ihnen zu sprechen. Was ziemlich unwahrscheinlich ist."

Die drei Iren lachten. Laut und dröhnend. Die Gesichter der beiden Männer wurden noch röter. Illaun Shaws Augen waren schmal geworden. Sie erinnerten Blacky an den Blick von Kriminaloberkommissarin Kerstin Weiß, wenn sie ungehalten war. Aber bei ihr las er etwas anderes darin: Sie schien besorgt zu sein. Dann stand sie abrupt auf.

„Ich glaube, es ist Zeit für 'nen Whiskey", sagte sie. „Da hat doch wahrscheinlich keiner was dagegen, oder?"

10

Der grüne Rasen neben den Resten der Stadtmauer war noch taufrisch. Kleine Wasserperlen glitzerten in der Sonne so hell, als wäre nachts leichter Schnee gefallen. Ein friedlicher Morgen, der einen neuen Bilderbuchtag ankündigte.

Es war kurz vor sechs Uhr, als Elli Markert auf dem Weg zur Arbeit dort entlangging und bei einem zufälligen Blick zum Fuß der Stadtmauer dermaßen erschrak, dass sie erst einmal völlig kopflos den Kiesweg entlang Richtung Innenstadt rannte. Niemand war um diese Zeit hier unterwegs, sie fühlte sich für ewige Augenblicke allein auf der Welt, dann kam ihr endlich ein orangefarbenes Fahrzeug der Stadtreinigung entgegen.

Elli Markert stellte sich davor und fuchtelte mit den Armen. Der Fahrer stoppte und lehnte sich aus dem Seitenfenster.

„Was passiert?"

„Da liegt etwas", kreischte Elli Markert. „Auf dem Rasen. Direkt unterhalb der Mauer."

Der erste Streifenwagen der Polizei war innerhalb weniger Minuten da, ein zweiter traf unmittelbar darauf ein. Vier Beamte in kurzärmeligen Uniformhemden waren ratlos.

„Also ich glaube, den Notarzt können wir uns schenken", sagte der dienstälteste Polizeihauptmeister schließlich. „Da ist wirklich nichts mehr zu machen."

„Echt gruselig“, meinte der jüngste der Beamten. „Wie im Fernsehen. ‚Terra X‘ oder so was. Wo so Berichte über archäologische Ausgrabungen laufen.“

„Na ja, ausgegraben wurde der wahrscheinlich auch. Fragt sich bloß, wo. Und wann.“

„Wieso ‚der‘? Ich glaub, das ist das Skelett einer Frau.“

„Woher willst du denn das wissen? Den kleinen Unterschied sieht man doch gar nicht mehr. Also, wenigstens ich nicht.“

„Der Schmuck“, sagte der junge Beamte. „So schmückt man nur eine Frau. Keinen Mann.“

Bräunlich verfärbte Knochen lagen auf dem grünen Rasen. Alle Körperteile waren vorhanden. Der Schädel mit den leeren Augenhöhlen und den entblößten Zähnen. Die Wirbelsäule mit den filigranen Rippen. Ober- und Unterschenkelknochen, die Kniegelenke, die Fußknochen, die Zehknöchelchen. Ellenbogen und Speichenknochen übereinandergekreuzt auf dem Brustbein. An den Fingerknochen steckten schwere Ringe. Über den gesamten Oberkörper und den Beckenbereich waren Schmuckgegenstände verteilt. Ketten mit Anhängern, Amulette, Broschen, Armbänder. Aus Muscheln, Bernstein, farbigen geschliffenen Steinen, Silber und dunklen Metallen. Verziert mit wuchernden geometrischen Ornamenten. Zeitlos alt oder nur auf alt getrimmt. Aus der Schatzkammer der Vergangenheit oder dem Billigladen für Modeschmuck.

Der junge Polizeibeamte war in die Hocke gegangen und nahm die Schmuckstücke akribisch in Augenschein.

„Meine Freundin wäre entzückt“, sagte er. „Sie steht voll auf solchen Firlefanz.“

„Nimm bloß die Pfoten weg“, knurrte der Polizeihauptmeister. „Und trample hier nicht rum. Die Spurensicherung macht uns sonst die Hölle heiß."

„Wer ist denn da nun eigentlich zuständig? Ist das ein Leichenfund? Oder eine archäologische Entdeckung?"

„Ja, das ist die Frage. Aber nicht unsre. Wir informieren die Kripo und sperren das Gelände erst einmal ab. Weiträumig. Bevor halb Schweinfurt hier zusammenläuft und die Knochenlady sehen will."

*

Oben an der Stadtmauer tauchte wie aus dem Nichts der Fotograf der alteingesessenen Schweinfurter Tageszeitung auf. Das überdimensional große Objektiv seiner Kamera fokussierte das Skelett auf dem Rasen. Der Verschluss der Kamera klickte ununterbrochen.

„He!", brüllte der Polizeihauptmeister zu ihm hinauf. „Sofort aufhören!"

„Pressefreiheit", rief der Fotograf hinunter. „Außerdem hab ich schon, was ich brauche."

„Woher wisst ihr Zeitungsfritzen das denn schon?", fragte der Polizeibeamte. „Wieder Polizeifunk abgehört?"

„Nö", sagte der Fotograf. „Anonymer Anruf. Am sehr frühen Morgen. Präzise Angaben, was hier herumliegt. Da will jemand, dass es in die Zeitung kommt."

Er winkte lässig und verschwand hinter der Stadtmauer. Die Steinchen auf dem Kiesweg knirschten heftig, als ein Fahrrad heranpreschte und scharf bremste. Ein junger Mann mit zerzausten Haaren stieg schwungvoll ab.

„Verdammt nochmal", zeterte der Polizeihauptmeister. „Wer sind Sie denn? Wie sind Sie durch die Absperrung gekommen?"

„Kriminalmeister Kilian Urban", sagte der junge Mann und hielt einen Dienstausweis in die Höhe. „Ich leite die Ermittlungen. Vorläufig."

„Und wieso kommt die Kripo mit dem Fahrrad?"

„Weil ich auf dem Weg zur Arbeit war, als ich den Anruf bekommen habe. Da bin ich gleich scharf abgebogen. Und jetzt legen Sie mir bitte den Sachverhalt dar."

Der Polizist deutete auf das Skelett.

„Da liegt der Sachverhalt. Mehr weiß ich auch nicht."

Kriminalmeister Kilian Urban machte auf dem Rasen ein paar Schritte. Dann blieb er stehen, presste beide Hände an die Schläfen und starrte. Irgendwohin. In eine unbestimmte Ferne. Lange. Sehr lange.

Nach einer Weile räusperte sich der Polizeihauptmeister.

„Was machen Sie da eigentlich?"

Keine Antwort.

„Hallo?"

„Ein Skelett", sagte der junge Kriminalbeamte endlich. „Der Tod ist schon vor langer Zeit eingetreten. Ich spüre die Vergänglichkeit. Ganz deutlich."

„Kommt noch jemand anders?"

„Wieso?"

„Na ja, Sie führen die Ermittlungen doch hoffentlich nicht allein, oder?"

„Kommissarin Werner ist unterwegs", sagte Kilian Urban.

„Na Gott sei Dank."

Einige Minuten später – Kriminalmeister Urban hatte inzwischen das Skelett mehrfach in einem immer größer werdenden Radius umrundet – hielt der blaue Dienstaudi der Mordkommission neben der Fundstelle. Kriminalkommissarin Marion Werner sah bleich und übernächtigt aus.

„Als ob wir nichts anderes zu tun hätten", sagte sie statt einer Begrüßung. Sie warf nur einen kurzen Blick auf die geschmückten Knochen.

„Okay, das volle Programm. Spurensicherung. Rechtsmedizin. Und wir brauchen einen Experten für Schmuck. Der soll sich diesen Kram da anschauen. Herr Urban, Sie veranlassen das alles. Gibt es irgendwelche Zeugen?"

„Nur die Frau, die das Skelett entdeckt hat", sagte der Polizeihauptmeister. „Und der Fotograf von der Zeitung hat gesagt, sie hätten einen anonymen Anruf erhalten."

„Männlich oder weiblich?"

„Das Skelett? Keine Ahnung. Ein Kollege meint, es sei eine Frau. Wegen des Schmucks. Reine Vermutung."

„Nicht das Skelett. Der anonyme Anruf. Männliche oder weibliche Stimme?"

„Ach so. Weiß ich nicht. Hat der Fotograf nicht gesagt."

„Sie hätten ihn fragen können. So etwas ist wichtig. Herr Urban, finden Sie das heraus."

„Klar. Wird alles erledigt", sagte Kriminalmeister Urban. Er sah glücklich aus. „Sie haben viel zu tun, stimmt's?"

„Allerdings", seufzte Marion Werner. „Und jetzt ist der Chef auch noch nach Dubai geflogen."

„Hauptkommissar Bayer? Macht er Urlaub?"

„Nein. Eine heiße Spur im Eissporthallenmord."

„In Dubai ist es sehr heiß", bestätigte Kilian Urban. „Habe ich zumindest gelesen."

Erneut Knirschen auf dem Kiesweg. Wieder ein Fahrrad. Wieder ein junger Mann mit zerzausten Haaren, der dynamisch abstieg.

„Sören Eckenstade, Main-Radio Schweinfurt", rief er. „Ist das da das Skelett?"

„Bleiben Sie auf Abstand!“, befahl Kriminalkommissarin Werner. „Haben Sie auch einen Anruf bekommen?“

„Ja. Vor einer halben Stunde. Anonym. Weibliche Stimme. Englischer Akzent.“

„Wenigstens mal einer, der präzise ist“, sagte die Kriminalbeamtin. „Was war denn der genaue Inhalt des Anrufs?“

„Nur zwei Sätze: ‚Sie hat ihr Grab verlassen und liegt als Skelett da, wo der Turm gebaut werden soll. Und das ist erst der Anfang‘. Dann wurde sofort aufgelegt.“

„Gut, das müssen wir als Zeugenaussage protokollieren lassen. Mein Kollege Urban wird das übernehmen. Nett, dass Sie sich herbemüht haben.“

„Bekomme ich wenigstens einen O-Ton für die Lokalnachrichten?“

„Bedaure. Solange ich nicht den Funken einer gesicherten Erkenntnis habe, kann ich auch nichts sagen.“

„Aber wenigstens das können Sie doch sagen, oder?“

„Na meinetwegen. Ich habe ja sonst nichts zu tun.“

„Sie wirken gestresst“, sagte Sören und machte sein Aufnahmegerät startklar. „Gibt’s denn neue Erkenntnisse bezüglich des Doppelmordes?“

„Das werde ich Ihnen bestimmt nicht auf die Nase binden.“

„Also offensichtlich ja.“ Sören machte ein schlaues Gesicht. „Kriminalhauptkommissar Bayer ist immerhin nach Dubai gereist.“

„Woher wissen Sie das denn?“

„Ach, ich habe so meine Quellen. Also, von mir aus können wir …“

Er hielt der Kriminalkommissarin das Mikrofon hin. Marion Werner räusperte sich ausführlich.

„Das schneide ich natürlich weg", sagte Sören. „Und jetzt legen Sie los."

„Heute am frühen Morgen entdeckte eine Passantin bei der Stadtmauer am Unteren Wall ein Skelett. Es gibt noch keinerlei Erkenntnisse über diesen Fund. Zunächst muss das Ergebnis einer rechtsmedizinischen Untersuchung abgewartet werden, bevor Angaben über Herkunft und Alter der Knochenreste gemacht werden können."

„Perfekt", sagte Sören, „perfekt. Das werde ich noch ein bisschen aufpeppen, und dann haben wir den Knüller des Tages."

„Machen Sie, was Sie wollen", sagte Marion Werner müde. „Mich wundert übrigens, dass Blacky Schwarz nicht höchstpersönlich hier aufgekreuzt ist."

„Ach, der hat Urlaub. Außerdem bin eigentlich ich der Spezialist für bizarre Fälle. Blacky wird überschätzt. Aber diesmal kann er mir nicht ins Handwerk pfuschen."

„Was immer das heißen soll – was für ihn gilt, gilt auch für Sie: Halten Sie sich aus unserer Arbeit raus! Verstanden?"

„Klar doch", sagte Sören. „Klar doch."

11

Er hatte nicht gedacht, dass es wirklich noch so einsame Gegenden gab. Eine rauhe Landschaft, grauschwarze Hügel, die sich manchmal zu Bergen auftürmten, Heide und Moor, Ginster und Moos, Gestrüpp und viele Steine. Je weiter er fuhr, desto karger wurde die Einöde. Nur Schafe waren überall. Verstreut da, wo spärliches Gras windgeschützt zwischen Felsblöcken wuchs. Im Moor auf der Suche nach wilden Kräutern. Und mitten auf der Straße, eigensinnig, bockbeinig, blökend, schafsäugig glotzend. Wenn er hupte, machten sie gemächlich Platz, ließen sich alle Zeit der Welt.

Gab es hier überhaupt noch Zeit? Blacky verlor jedes Gefühl dafür. War es erst eine Stunde her, dass er Killybegs verlassen hatte, oder waren es schon drei? Die Einsamkeit, Schroffheit und Schönheit der Landschaft waren so beeindruckend unwirklich, dass er ganz darin aufging. Er fühlte sich frei und ungebunden und auf angenehme Weise allein.

Erst gab es noch ein paar Orte, die so klein waren, dass sie diese Bezeichnung kaum verdienten. Sie trugen unaussprechliche Namen wie Cill Charthaigh und An Charraig. Dann schien nichts mehr zu kommen. Das Wetter schlug auch an diesem Morgen Kapriolen, er war bei Nieselregen losgefahren, das Meer lag unter einer weißen Nebeldecke, Minuten später brach die Sonne hinter den Wolken hervor und weckte Farben auf, die jeden Impressionisten zur

Verzweiflung gebracht hätten. Ein Licht, das nicht zu beschreiben und nicht einzufangen war.

Die Nacht hatte Blacky in einem B&B verbracht, das ihm Sergeant Bloom empfohlen hatte. Der Polizist war auf der Rückfahrt bester Laune gewesen; es schien für Inspektorin Illaun Shaw kein Problem gewesen zu sein, dass ihr Untergebener nacheinander mehrere Whiskeys gekippt hatte und sich danach fröhlich ans Steuer eines Dienstwagens setzte. Sie selbst war nicht mehr richtig aufgetaut, blieb reserviert und kühl.

„Sie können sich ja noch einmal melden, wenn Sie zurückkommen", sagte sie zum Abschied. „Ich glaube nicht, dass Sie irgendetwas finden, das Sie weiterbringt. Nehmen Sie es einfach so, wie es ist."

Ken Shaw, ihr Mann, hatte ihm nur wortlos die Hand geschüttelt. Sein Gesicht war mürrisch und abweisend geblieben. Seltsam, dass Lothar nie von ihm erzählt hatte. Er lästerte doch sonst immer über alle Kriminalschriftsteller, vorzugsweise über die, die erfolgreicher waren als er. Und das waren die meisten.

Die Straße, die ins Nichts zu führen schien, wurde abschüssig und kurvig. Plötzlich lag der Atlantik vor ihm, ein blauer Spiegel der Unendlichkeit. Das Ortsschild in gälischer Sprache: Gleann Cholm Cille. Das Navi verkündete ihm, dass er sein Ziel erreicht habe. Weitere Informationen waren nicht mehr verfügbar.

Blacky hielt an einer Tankstelle. Die Frau hinter der Kasse starrte ihn an, als wäre er die Sensation des Tages.

„Können Sie mir bitte sagen, wie ich nach Ballyluffininish komme?"

„Hä?"

„Ballyluffininish. Das muss hier irgendwo in der Nähe sein. Ein kleines Dorf."

„Ah ..." Sie spuckte ein Wort aus, das wie „Bollawisching" klang.

Blacky nickte.

„Das wird es wohl sein."

Er registrierte den misstrauischen Blick. Warum hatte Lothar eigentlich immer so von der Liebenswürdigkeit der Iren geschwärmt? Vielleicht war es der berühmte weiche Kern unter einer rauhen Schale. Aber wie knackte man diese Schale?

Die Frau zeigte mit dem Finger eine Richtung.

„Durch den Ort. Dann rechts. Die erste kleine Straße links. Führt direkt nach Bollawisching."

„Wie weit ist es?"

„Nicht weit. Aber dort ist nichts."

„Ich weiß", sagte Blacky. „Trotzdem muss ich dorthin."

Er kaufte eine Dose Cola und eine Packung Kekse. Das schien die Frau aufzuheitern. Sie verabschiedete ihn mit einem scheuen Lächeln und wünschte „Good luck."

Was immer sie damit sagen wollte – es klang wie der Abschied zur letzten großen Reise.

Draußen regnete es wieder einmal, und Glencolumbkille war jetzt ein trostloses Kaff in einem engen Tal mit geduckten Häusern aus grauen Steinen.

Wie ein Tunnel führte das Tal direkt auf das Meer zu. Blacky fand eine kleine Straße und bog auf sie ein in der Hoffnung, dass es die richtige war. Sie stieg steil an, dann öffnete sich eine weite Moor- und Heidelandschaft vor einer pittoresken Bergkulisse. Auf der anderen Seite die offene See, gespickt mit vielen kleinen Inseln. Sonnenstrahlen brachen durch die Wolken und reflektierten wie silberne Blitze auf dem Wasser.

Okay, dachte er, nun verstehe ich, weshalb man hier leben kann.

War die verstreute Ansammlung von Häusern, Cottages und Gehöften schon der Ort, den er suchte? Die Straße endete abrupt vor einer schiefen Bruchsteinmauer. Weit und breit war niemand zu sehen. Blacky hielt an und stieg aus. Er blickte über die Mauer. Dahinter lag der Friedhof von Ballyluffininish.

12

Murat Demir kannte die Spielregeln, Konventionen und Tabus ihrer Welt. Und er kannte auch die meisten Schlupflöcher. So war es verhältnismäßig einfach gewesen, einen Kontakt zu ihrem Onkel herzustellen. Er war der Schlüssel. In ihrer Kultur war immer der älteste Bruder des Vaters der Schlüssel zu allem.

Es gab wenige in Schweinfurt, die über eine Verbindung zum Ucar-Clan verfügten. Der Bauunternehmer Hubert Rudloff war einer von ihnen gewesen. Seine Leiche war vor den Faschingstagen auf dem Rückert-Denkmal des Marktplatzes gefunden worden.* Viele, die über seine Geschäfte Bescheid wussten, hatten sofort vermutet, dass er einer Racheaktion des Ucar-Clans zum Opfer gefallen war. Allerdings stellte sich heraus, dass hinter dem Mord eine ganz andere, düstere Geschichte steckte. Aber es war während dieser Zeit in diversen Kreisen wieder viel über den ominösen Mythos des Ucar-Clans gemunkelt worden. Im Lauf der letzten Jahre war er die mächtigste Organisation in der verborgenen Welt Schweinfurts geworden. Und damit auch die gefährlichste, brutalste und gesetzloseste. Es war keine Frage von Mut oder Stärke, sondern reine Dummheit, sich mit dem Ucar-Clan anzulegen.

Und nachdem es einer auf die denkbar dümmste Weise getan hatte, konnte Murat Demir nun schauen, dass er sich

* Geschehn in „Kindertotenlieder“ (Schweinfurter Kriminalroman 1)

nicht auch noch die Finger verbrannte. Er verfluchte inzwischen die Bitte seines Bruders Okan, ihm dabei behilflich zu sein, ein paar Kastanien aus dem Feuer zu holen. Denn das Feuer war heiß, tückisch und unberechenbar.

Das wurde Murat Demir erneut bewusst, als er in der kleinen Teestube in der Bauschstraße Aiman Ucar gegenübersaß. Bei weitem nicht die Nummer eins der Männer aus Baku in Aserbaidschan, aber auch er verschlagen, gewissenlos und brandgefährlich.

Sie sprachen über Gott und die Welt und kreisten in schier endlosen Variationen beharrlich um den heißen Brei herum. Murat Demir wusste, dass der kleine Mann mit dem grauen Bart und der Goldrandbrille neugierig war, aber die Konvention verbot eine direkte Frage. Man musste sich dem Ziel bedächtig nähern und auf dem Weg dahin möglichst nichts von der eigentlichen Absicht preisgeben. Endlich, nach vielen Gläsern süßen Tees, stellte Aiman Ucar das Gespräch allmählich ein und hob fragend die rechte Augenbraue.

„Ich habe ein Anliegen, bei dem du mir vielleicht behilflich sein kannst, ehrwürdiger Mann“, begann Murat Demir.

„Nichts anderes habe ich erwartet“, erwiderte Aiman Ucar mit einem Schmunzeln. Was er damit sagen wollte, war: Wer sich an uns wendet, hat immer ein Anliegen.

„Wie du ja weißt, bin ich Fotograf. Ich habe hier in Schweinfurt ein Studio, bin jedoch auch viel im Ausland unterwegs. Seit langem arbeite ich für große internationale Magazine und Illustrierten. Meine Bilder werden auf Ausstellungen in der ganzen Welt gezeigt. Erst kürzlich ist eine Fotodokumentation von mir in Istanbul mit einem Preis ausgezeichnet worden.“

„Man hat mir davon berichtet.“

Was heißen sollte: Ich habe natürlich vor diesem Gespräch Erkundigungen über dich einziehen lassen.

„Nun habe ich von dem Magazin ‚Cosmopolitan' einen interessanten Auftrag erhalten."

Murat Demir ließ eine kurze Pause eintreten. Eine Kunstpause, um die Spannung zu erhöhen. In den Augen von Aiman Ucar spiegelten sich nachlassendes Interesse und Unverständnis. Der Clan war in krumme Geschäfte aller Art involviert, im Waffen- und Drogenhandel tätig, aber was das mit dem weltberühmten Hochglanzmagazin zu tun haben sollte, erschloss sich dem Mann aus Baku offensichtlich nicht im Geringsten.

„Natürlich ist dieses Magazin etwas für Menschen in der westlichen Welt. Aber wie du weißt, entsteht am Golf, in Dubai und Abu Dhabi, gerade eine ganz neue Welt. Dort ist man vielen Dingen aus der westlichen Welt gegenüber aufgeschlossen. Vor allem, wenn sich Geld damit verdienen lässt. ‚Cosmopolitan' wird in Zukunft dort vertreten sein. Mit einer eigenen Ausgabe in Arabisch. Und ich habe den Auftrag, dafür gute Bilder von schönen Frauen zu liefern. Nicht von westlichen Frauen, sondern von Frauen aus unserer Welt."

Das verschlagene Gesicht, das Aiman Ucar jetzt aufsetzte, zeigte, dass er auf dem Holzweg war. Murat Demir wusste, dass der Ucar-Clan im großen Stil auch in den internationalen Mädchenhandel verwickelt war, und die Gedanken des Aserbaidschaners ratterten ganz natürlich in diese Richtung.

Es war an der Zeit, die Katze aus dem Sack zu lassen.

*

Das Team der Spurensicherung war großräumig ausgeschwärmt und nahm zwischen dem Marienbach und der Stadtmauer jeden Quadratzentimeter in Augenschein. Es würde damit noch für Stunden beschäftigt sein.

Fast gleichzeitig mit dem Rechtsmediziner aus Würzburg traf Kriminaloberkommissarin Kerstin Weiß bei der Fundstelle des Skeletts ein.

„Ich glaube, wir sind da nicht zuständig", sagte sie nach einem ersten prüfenden Blick zu Marion Werner. „Das ist kein Leichenfund, und ein Tötungsdelikt kann ich nicht erkennen. Soll sich doch der Staatsanwalt damit herumärgern."

„Wir sollten den Rahmen schon sauber abklären", erwiderte die Kriminalkommissarin. „Bevor wir nicht wissen, woher die Knochen stammen und wie alt sie sind, haben wir das Ding am Hals."

„Ist das was Archäologisches?", fragte Kerstin Weiß den Rechtsmediziner. Er kniete am Boden und sah dem Schädel in die leeren Augenhöhlen.

„Fragen Sie doch einen Archäologen. Ich lege mich auf nichts fest, bevor wir im Institut keine eingehende Untersuchung vorgenommen haben. Das wird bestimmt ein paar Tage dauern."

„Na ja, eilt ja wahrscheinlich auch nicht", sagte Kerstin Weiß. „Wir haben auch so genug um die Ohren."

„Trotzdem", insistierte Kriminalkommissarin Werner. „Eine erste Einschätzung?"

„Keine Ahnung", sagte der Rechtsmediziner. „Das kann alles Mögliche sein. Sicher scheint mir nur, dass die Knochen nicht aus der Erde ausgebuddelt wurden. Und dass sie ein paar schöne Jahre auf dem Buckel haben. Alles weitere wäre im Augenblick Spekulation."

„Ich denke, der Schmuck kann Hinweise liefern", fuhr Marion Werner unbeirrt fort. „Ein Experte sollte sich das anschauen."

„Marion!" Oberkommissarin Weiß wurde ungeduldig. „Lass uns Prioritäten setzen, ja? Wir müssen die neuen Übersetzungen aus dem Arabischen durchgehen. Ein paar der Zeugen noch mal vernehmen. Die Ergebnisse zu Wolfram nach Dubai mailen. Die morschen Knochen hier haben's nicht mehr eilig."

„Okay. Ein Vorschlag: Ich frage die Sandra, ob sie mal kurz einen Blick darauf werfen kann. Sie kennt sich mit solchen Sachen bestens aus."

„Die Sandra?"

„Sandra Gall. Sie hat einen Laden in der Petersgasse."

„Ach, die Hexe. Seit wann ist das ‚die Sandra'?"

Eine flüchtige Röte glitt über Marion Werners Gesicht.

„Ich habe sie ein bisschen näher kennengelernt, nachdem ich sie in der Walpurgisnacht im Steigerwald von diesem Berg geholt habe. Sie hat ziemlich was auf dem Kasten."

„Ah ja."

„Inzwischen habe ich ein paar Seminare von ihr besucht. Sie kann einem etwas vermitteln … fürs Leben."

„Na ja, wenn man's nötig hat."

Kerstin Weiß ließ die Ironie in der Stimme nur so blitzen. Seit ihrem Wechsel zur Kriminalpolizei war das Verhältnis zu Marion Werner gespannter denn je. Nach wie vor verachtete sie die jüngere Kollegin insgeheim als graumäusige Spießerin, und nach wie vor machte Kriminalkommissarin Werner kein Hehl daraus, dass sie die Oberkommissarin als peinlichen Störenfried in der Mordkommission betrachtete. Kerstin Weiß' unkonventionelle Weise, an die Dinge heranzugehen, vertrug sich schlecht mit Marion Werners geordneter Sicht auf die Dinge des Lebens. Kriminalhauptkommissar Wolfram Bayer, der Leiter der Schweinfurter Mordkommission, hatte sich den Zickenkrieg schon mehrfach verbeten, aber im Untergrund schwelte er ständig weiter.

„Und sie ist wirklich Expertin für keltische Symbole", sagte Marion Werner.

„Wieso keltisch?"

„Weil einige der Ornamente auf den Schmuckstücken hier aus der keltischen Kultur stammen. So viel sehe sogar ich."

„So weit kommt's noch, dass wir irgendwelche Esoteriktanten als Sachverständige beschäftigen", murrte Kerstin Weiß. „Nichts da, das Zeug kann sich auch jemand von der Uni Würzburg anschauen, wenn die Knochen in der Rechtsmedizin liegen. Die werden da ja wohl echte Experten für so was haben. Wir sehen uns dann in der Dienststelle."

Sie ging zu ihrem weißen Mini hinüber, stieg ein und knallte als Schlusspunkt unter ihren autoritären Auftritt die Tür heftig zu.

Blöde Kuh, dachte Kriminalkommissarin Marion Werner. Und ich mach trotzdem, was ich will.

13

Ballyluffininish schien ausgestorben zu sein. Der Friedhof war klein, düster und kitschig. Windschiefe graue Grabsteine, auf den Gräbern sehr bunte Plastikblumen. Es war, als sollten sie dem Tod ein grelles Schnippchen schlagen und ihm mit ihrer Unverwelkbarkeit die Illusion von Leben entgegensetzen.

Kitsch ist immer Illusion, dachte Blacky, die Illusion, es könnte irgendwie auch anders sein.

Er schloss den Wagen ab und machte sich auf den Weg. Eine Straße führte vom Friedhof in den Ort hinein. Kleine Häuser, manche aus rohem grauem Stein, manche weißgetüncht. Es war ihm schon auf der Fahrt hierher aufgefallen: Die Ansiedlungen der Menschen konnten nicht mit der Schönheit der Natur mithalten. Was dort gewaltig und imposant war, schrumpfte in den Dörfern zur tristen Belanglosigkeit. Irland war bis vor zwanzig Jahren ein armes Land gewesen, und davon schien es sich noch nicht ganz erholt zu haben. In der Umgebung von Dublin war das anders, aber hier, am Rande der Insel im äußersten Westen, schien die Zeit ein wenig stehengeblieben.

Blacky wusste, dass es einen Pub geben musste. Lothar hatte den Namen oft genug erwähnt: „Yeats Inn". Mit dem Wirt könne man über Bücher, Musik, Golf und Whiskey reden. Das sei in Irland eine seltene Kombination.

Da das Zentrum von Ballyluffininish aus nur einer Straße bestand, fand er den Pub sofort. Außen unscheinbar, innen urgemütlich. Es war kurz vor der Mittagszeit, und der Pub war proppenvoll. Nur Männer. Blacky vermutete, dass so ziemlich alle Männer, die es im Dorf gab, am Tresen standen. Niemand beachtete ihn. Er suchte sich einen Tisch in einer Ecke, setzte sich und wartete.

Der Wirt nahm keine Notiz von ihm. Er hantierte virtuos mit einer erstaunlichen Anzahl von großen Zapfhähnen. Das Bier schäumte, und die Männer plauderten. Es war, als ob sie genau hier zuhause wären.

Nach einigen Minuten begriff Blacky, dass er nicht bedient werden würde. Er stand auf und ging zum Tresen. Wartete. Der Wirt würdigte ihn keines Blickes.

„Ich hätte gern ein Bier", sagte er schließlich.

Ein knappes Nicken war die einzige Bestätigung. Vielleicht wurde er aus den Augenwinkeln heraus betrachtet. Vielleicht auch nicht.

Ein Pintglas mit Guinness, auf den Tresen geknallt. Schaum bis zur Mitte, der langsam nach oben wanderte, samtiges Schwarz freisetzte. Blacky mochte kein Guinness, aber eines auf das Wohl von Kerstin Weiß war okay.

„Wissen Sie vielleicht, wo das Cottage des deutschen Schriftstellers ist?", fragte er.

Keine Reaktion, keine Antwort.

„Lothar hat mir erzählt, dass er Sie gut kennt. Ich bin ein Freund von ihm."

Keine Reaktion, keine Antwort. Blacky nippte am Bier.

„Wann haben Sie ihn zuletzt gesehen?"

Konnte es sein, dass für einen Moment Schweigen herrschte, das Geplauder jäh aussetzte, alle ihn anstarrten? Oder bildete er sich das nur ein? Der Wirt hatte sich abgewandt und zapfte vor der rückseitigen Spiegelwand Whiskey aus einer der Flaschen, die dort mit dem Hals nach unten hingen.

Eine Hand legte sich auf seine Schultern. Eine schwere Hand. Blacky fuhr herum.

Ein alter Mann stand hinter ihm. Wettergegerbtes runzliges Gesicht mit weißen Bartstoppeln, blaurote, von Äderchen durchzogene Wangen, blaurote Nase. Eine altmodische Schiffermütze auf dem Kopf.

„Die werden nicht mit dir reden", krächzte er mit einer dünnen Stimme. Sein Englisch war schwer zu verstehen.

„Und warum nicht?"

„Weil sie mit keinem reden, den sie nicht kennen. Sie schauen ihn nicht einmal an. Das ist hier so Sitte."

„Ein Freund von mir lebt hier. Er hat mir erzählt, dass er mit allen Leuten redet. Ständig."

Der alte Mann schniefte geräuschvoll. Seine kleinen hellen Augen tränten leicht.

„Er hat ja lange hier gewohnt. Man muss es sich verdienen. Ein Jahr lang schauen sie dich nicht an. Dann beginnen sie dir zuzunicken. Manchmal. Nach einem weiteren Jahr ist es vielleicht so weit. Du sitzt im Pub, einsam und verlassen, plötzlich kommt der Wirt und stellt dir ein Pint auf den Tisch. Das hat einer für dich bezahlt. Und wenn du jetzt nichts falsch machst, ist der Bann gebrochen."

„Nichts falsch machst?"

Der alte Mann schmunzelte.

„Das werd ich dir nicht erzählen. Musst du selber rausfinden. Jedenfalls, so ist die Sitte hier bei uns."

„Und warum reden Sie dann mit mir?", fragte Blacky.

„Weil der alte Seamus ein gutes Herz hat. Das hab'n die andern zwar auch, aber es fällt ihnen schwer, es zu zeigen. Ich tu mir nicht schwer. Bin zu alt dafür. Die halten immer die Sitte ein. Ich pfeif drauf."

„Da hab ich aber Glück", sagte Blacky. „Ein Bier?"

„Das ist schon mal der richtige Weg", sagte Seamus. „Aber ich nehm lieber 'nen Brandy."

Er schnalzte mit den Fingern, der Wirt nahm ein Glas und füllte es randvoll mit Whiskey.

„Sláinte." Seamus prostete Blacky zu, schloss die Augen und nahm einen großen Schluck. Dann noch einen. Und noch einen. Dann war das Glas schon halb leer.

„Wenn ich fertig bin, zeig ich dir, wo sich dein Freund ins Jenseits verabschiedet hat", sagte Seamus heiter. „Auf sein Wohl."

Er schloss wieder die Augen und kippte die zweite Hälfte des Glases in drei großen Schlucken hinunter.

„Jetzt können wir gehen", verkündete er.

Blacky trank sein Bier aus und sagte: „Ich möchte zahlen."

Keine Reaktion, keine Antwort.

„Schmeiß das Geld einfach hin", sagte Seamus. „So macht man das hier."

„Schöne Sitten", sagte Blacky und legte einen 10-Euro-Schein auf den Tresen. Er folgte dem alten Mann nach draußen auf die Straße.

„Mein Auto steht am Friedhof", sagte er.

„Wir können zu Fuß gehen. Es ist nicht weit."

Seamus zog los wie ein junger Mann. Blacky konnte kaum Schritt mit ihm halten. Anscheinend hatte in dieser Gegend Irlands der Alkohol positive Auswirkungen auf die Kondition.

Sie gingen am Friedhof vorbei, einen schmalen Weg entlang und folgten einem kleinen Pfad, der sich durch niedriges Gestrüpp schlängelte. Dazwischen Felsen wie übergroße Murmeln, glattgeschliffen. Wind kam auf, der immer stärker wurde.

„Sind gleich da", sagte Seamus.

Blacky sah vor sich nur den weiten Himmel. Und dann hörte er das Meer. Dumpfes Grollen, das aus der Tiefe kam. Dazu heisere Schreie von Möwen. Irgendwo blökten ein paar Schafe.

Nur noch nackter Fels. Der plötzlich abbrach. Eine scharfe Kante zum Nichts. Jetzt konnte er das Meer sehen. Unruhiges Blau sehr weit unter ihm. Von hier bis dorthin schwindelerregend leerer Raum.

„Die Todesklippe", sagte Seamus. „Fast fünfhundert Meter hoch. Freier Fall, wenn man ein Bad nehmen will."

Er deutete auf einen großen Stein, ein paar Meter vom Klippenrand entfernt.

„Da haben sie das Mobiltelefon gefunden."

„Niemals", sagte Blacky. Mit äußerster Vorsicht trat er auf die Kante zu. „Er ist dort nicht runtergesprungen. Und auch nicht abgestürzt. Er hat schreckliche Höhenangst. Er würde sich dem Abgrund nicht einmal auf zehn Meter nähern."

„Aber ich hab's gesehen", sagte Seamus störrisch.

„Was haben Sie gesehen? Und von wo aus?"

„Von unten. Ich war beim Angeln. Da flog etwas durch die Luft. Und plumpste ins Meer."

„Etwas?"

„Na ja, ein menschlicher Körper … würd ich mal sagen. Ein Schaf war's nicht. Von den blöden Biestern stürzt nämlich auch manchmal eines runter."

„Haben Sie auch gesehen, wie dieses … Etwas gesprungen ist? Oder gestürzt? Einen Schrei gehört?“

„Meine Güte, du fragst ja mehr als die Zicke von der Garda“, brummte Seamus. „Nee, hab ich nicht. Ich hab mich umgedreht und gesehen, wie etwas durch die Luft gesegelt ist. Und dann, bumm, ins Meer …“

„Okay“, sagte Blacky. „Ich glaube trotzdem nicht, dass das mein Freund war.“

„Aber er ist weg“, beharrte Seamus. „Und das Mobiltelefon …“

„Es muss eine andere Erklärung geben. Können Sie mir das Cottage zeigen, wo er wohnt?“

„Klar. Es sind aber ein paar Schritte. Unten am Strand.“

Seamus holte eine Pfeife aus der Jackentasche, drehte sich vom Wind ab und zündete sie an. Dann trottete er los.

Blacky blickte noch einmal zurück. War da nicht etwas gewesen, hinter einem der glattgeschliffenen Felsen? Ein Mensch? Oder nur ein Schaf? Oder fing er auch schon an, Gespenster zu sehen?

14

„Leyla“, sagte Murat Demir.

„Was meinst du damit?“

Aiman Ucar sah wirklich überrascht aus. Und er schien nichts zu verstehen. Sein durchaus scharfer Verstand kam nicht mit, weil jetzt zwei Welten aufeinanderstießen. Die moderne westliche Welt, in der Murat Demir mit weit mehr als einer Hälfte seiner Identität zuhause war. Und die islamische Welt, die einen Mann wie Aiman Ucar zu einem großen Teil gefangen hielt. Der Clan machte zwar Geschäfte mit der westlichen Welt, aber sie war seinen Männern immer noch fremd. Sie dachten und fühlten so, wie man in der Steppe, aus der sie stammten, seit vielen Jahrhunderten dachte und fühlte. Vor allem, wenn es um ihre Frauen ging, waren die Männer aus Aserbaidschan ihren Traditionen unverbrüchlich verhaftet. Murat Demir wusste das, er wusste aber auch, wo man sie trotz allem packen konnte.

„Sie ist eine schöne junge Frau.“

„Sie ist noch ein Kind“, sagte Aiman Ucar.

„Nun, sie ist volljährig. Und damit erwachsen.“

„Nach den Gesetzen dieses Landes. Wir haben andere Gesetze.“

„Das weiß ich“, erwiderte Murat Demir. „Aber ich könnte sie groß herausbringen. Zu einer Berühmtheit machen.“

„Ich verstehe immer noch nicht.“

„Wie ich dir gerade erklärt habe, sucht die Zeitschrift, für die ich arbeite, Frauen aus unserer Welt. Man will für die Ausgabe in Dubai keine Bilder von westlichen Frauen."

„Soll das heißen, du möchtest Leyla für diese Zeitschrift fotografieren?"

„Ja."

„Das ist völlig unmöglich. Dazu könnten wir niemals unsere Zustimmung geben. Aber es ist ja auch kein Problem. Wir können dir viele schöne junge Frauen besorgen. Daran ist kein Mangel."

„Auch das weiß ich", sagte Murat Demir geduldig. „Aber es geht nicht um irgendwelche Frauen. ‚Cosmopolitan' sucht das Besondere für die neuen Kunden. Frauen mit einem Namen und einer interessanten Geschichte. Die aus einer einflussreichen Familie kommen. Aus Familien wie der euren. Leyla könnte der Familie Ucar zu noch größerem Ansehen in weiten Teilen der Welt verhelfen. Bilder von ihr würden ein Gesicht zeigen, das überall Interesse weckt. Die Herzen wichtiger Männer würden ihr nur so zufliegen. Ich glaube, das wäre auch gut für eure Geschäfte."

„So habe ich das noch nicht gesehen", sagte Aiman Ucar entwaffnend ehrlich. Er wirkte überrumpelt. Es war eine Idee, die seine Denkstrukturen sprengte. Murat Demir spürte, dass der alte Fuchs begann, Chancen zu wittern. Die Sprengung hatte Löcher hervorgerufen, durch die er plötzlich auf etwas Neues blicken konnte. Und vielleicht sah er sogar schon den vermeintlichen Ausweg aus dem Dilemma, in das Leyla ihre Familie gebracht hatte. Der Köder, den Murat Demir jetzt noch auswerfen musste, hing damit durchaus zusammen. Auch wenn Aiman Ucar nicht ahnen konnte, dass er diesen Zusammenhang kannte.

„Es würde sich selbstverständlich auch lohnen“, sagte er. „Leyla könnte viel Geld verdienen. Sehr viel Geld.“

„Tatsächlich?“

„Ihre Zukunft wäre gesichert. Das ist viel wert in Zeiten wie diesen.“

„Du sprichst wahr“, sagte Aiman Ucar. „Ich werde darüber nachdenken.“

„Es ist meine Pflicht, aufrichtig zu sein“, erwiderte Murat Demir. „Es werden sehr schnell Entscheidungen fallen. Um berücksichtigt zu werden, müsste ich rasch Bilder vorlegen können. Wie lange willst du nachdenken?“

„Das weiß ich nicht. Und wenn ich nachgedacht habe, muss ich es mit meinem Bruder besprechen. Außerdem wird Leyla am Ende der Woche nach Baku fliegen, um dort ihre Ferien zu verbringen.“

Das hatte Murat Demir befürchtet. Was auch immer in Baku wirklich geschehen würde. Er musste jetzt alles auf eine Karte setzen.

„Dann können wir es vergessen“, sagte er. „Leider. Zumindest für längere Zeit. Die Option, die ich habe, ist sehr begrenzt. Es drängen viele auf diesen Markt.“

Aiman Ucar sah ihn an. Durchdringend. Prüfend.

„Was schlägst du vor?“, fragte er schließlich.

Jetzt wusste Murat Demir, dass Aiman Ucar angebissen hatte. Er hatte den Köder geschluckt, und der Haken saß.

„Ein paar Probefotos“, sagte er. „In den nächsten Tagen. Damit ich etwas vorlegen kann. Ich bin sicher, sie werden Eindruck machen. Leyla ist etwas sehr Besonderes.“

„Gut“, antwortete Aiman Ucar. „Wir werden dich unsere Entscheidung wissen lassen.“

„Wann?“

„Morgen."

Murat Demir trank ein letztes Glas Tee. Er hatte mehr erreicht, als er zu hoffen gewagt hatte. Und trotzdem bekam er immer mehr Angst vor seiner eigenen Courage. Was sich sein Bruder Okan da ausgedacht hatte, war ein Drahtseilakt. Wahrscheinlich ein Drahtseilakt auf einer Zündschnur.

*

Von ihrem Häuschen am Oberen Wall waren es nur ein paar Meter. Sandra Gall rannte die steile Treppe hinunter, überquerte die Rückertstraße und traf an der Bushaltestelle Marion Werner, die dort auf sie gewartet hatte.

„Klasse, dass du so schnell kommen konntest", sagte die Kriminalkommissarin. „Bevor ich dir jetzt etwas zeige, muss ich dir ein Versprechen abnehmen."

„Nun mach es doch nicht gar so spannend. Du hast ja schon am Telefon geklungen wie eine der Nornen."

„Wie wer?"

„Wie eine der germanischen Schicksalsgöttinnen. Dunkel und geheimnisvoll raunend."

„Nun, in gewisser Hinsicht geht es genau darum. Also pass auf: Was du jetzt gleich siehst, hast du nie gesehen. Okay? Du erzählst es niemandem und vergisst es am besten sofort wieder."

„Ich werde schweigen wie ein Grab."

„Damit bist du schon ziemlich nah dran am Thema", sagte Marion Werner. Sie nickte dem Polizeibeamten zu, der die Absperrung bewachte, und ging mit Sandra Gall den Kiesweg entlang bis zur Fundstelle des Skeletts. Kriminalmeister Kilian Urban war auf Bitten der Kommissarin mit dem Fahrrad unterwegs, um ein paar Getränke einzukaufen. Der Rechtsmediziner hatte sich auf den Weg zum Bestattungsunternehmen *Medich* gemacht, weil das Problem des Abtransports der Knochen eine Reihe von kniffligen Fragen aufgeworfen hatte. Das Skelett lag deshalb jetzt allein in der Morgensonne.

„Fällt dir dazu etwas ein?“, fragte Marion Werner.

„Ach du heiliger Bimbam!“ Sandra Gall schlug erschrocken die Hand vor den Mund. „Was ist das denn?“

„Ein Skelett“, sagte die Kriminalkommissarin trocken. „Aber das muss dich gar nicht interessieren. Ich will nur wissen, ob du mit dem Schmuck was anfangen kannst.“

Sandra Gall beugte sich nach vorne und hielt sich dabei die Nase zu.

„Weiß nicht“, sagte sie nach einer recht oberflächlichen Musterung mit hohler Stimme. „Ziemlicher Klimbim. Das müsste man näher angucken. Stück für Stück.“

„Hast du eine Ahnung, ob das alt ist?“

„Manches vielleicht schon. Wahrscheinlich nicht jedes Teil. Das scheint mir ein ziemliches Sammelsurium zu sein. Wie aus einer Schatzkiste der Piraten. Vom Schwarzen Meer bis nach Island ist da alles dabei.“

„Ich hätte eher auf keltisch getippt“, meinte Marion Werner.

„Ach Marion, was heißt schon keltisch? Da schmeißt ihr Laien immer irgendwelche Begriffe durch die Gegend. Die Kelten siedelten von Irland bis nach Anatolien. Entsprechend vielfältig sind auch die Fundstücke aus ihrer Zeit. Der bunte Haufen da ist vielleicht von allem etwas. Mehr kann ich dir auch nicht sagen.“

„Na gut“, erwiderte die Kriminalkommissarin pikiert. „Dann müssen wir das wirklich von einem echten Experten untersuchen lassen. Danke für deine Mühe. Und bitte, behalte für dich, was du hier gesehen hast, ja?"

„Versprochen ist versprochen", sagte Sandra Gall.

Bis zur Rückertstraße ging sie im Schlenderschritt, obwohl sie am liebsten gerannt wäre. Als sie außer Sichtweite von Marion Werner war, blieb sie stehen.

„Das ist ja vielleicht 'n Ding", flüsterte sie. „Ich glaub, ich werd verrückt."

*

Am späten Vormittag ging Sören Eckenstade mit der Meldung des Tages auf Sendung. Erst brachte er im O-Ton das Statement, das Kriminalkommissarin Marion Werner abgegeben hatte. Dann verlas er im Stil eines amerikanischen Sensationsjournalisten den Text, an dem er lange gebastelt hatte.

„Die Schweinfurter Kripo steht also wieder einmal auf dem Schlauch. Was ja nichts Neues ist. Immer noch tappt sie bei den Ermittlungen zum Doppelmord an der Eissporthalle völlig im Dunkeln. Der Leiter der Mordkommission, Hauptkommissar Bayer, soll dieser Tage sogar nach Dubai gereist sein. Was er dort sucht? Keine Ahnung. Vielleicht irgendwelche Spuren im Sand. Viel Glück dabei. Und jetzt das: ein mysteriöser Knochenfund an der Stadtmauer. Heute Morgen. Und noch keine Erkenntnisse – laut der eben gehörten Aussage einer Kriminalkommissarin. Dabei ist das natürlich Unfug. Es gibt durchaus Erkenntnisse. Erste Erkenntnis: Das Skelett lag gestern Abend noch nicht dort. Also muss es in der Nacht hingelegt worden sein. Zweite Erkenntnis: Es ist ja wohl nicht vom Himmel gefallen, sondern stammt aus einem Grab. Wahrscheinlich von einem

Friedhof. Dritte Erkenntnis: Die Knochen wurden genau an der Stelle abgelegt, an der Paul Neumann, genannt Newman, den historischen Petersturm wieder aufbauen will. Ist das ein Zufall? Wie man ja weiß, spuckt er damit einer Investorengruppe mächtig in die Suppe, die auf insgesamt drei Grundstücken dort eine der edelsten und schicksten Seniorenresidenzen Deutschlands bauen will. Da steht viel, viel Geld auf dem Spiel. Zu der Investorengruppe zählt übrigens auch Hartmut Grühn, der Eigentümer der Brauerei Grühn. Mit ihr liegt Paul Neumann bekanntlich schon lange im Clinch. Es soll in Schweinfurt ja viele geben, die Leichen im Keller haben. Vielleicht auch ein Skelett? Diese Frage stellt Sören Eckenstade von Main-Radio Schweinfurt."

Als er das Sendestudio verließ, kam Patricia, die Chefin vom Dienst, auf ihn zu. Besorgte Miene, gerunzelte Stirn.

„Hast du diesen Beitrag wirklich mit Olaf abgesprochen?", fragte sie.

„Na ja, so halb. In etwa. Also ein bisschen. Nicht wirklich. Er hatte keine Zeit. Wie immer halt."

„Das wird Ärger geben. Die Brauerei Grühn ist ein Werbekunde von uns."

„Man wird doch noch die Wahrheit sagen dürfen, oder?" Sören mimte den Empörten.

„Nein, in unserem Job nicht. Wir tun nur so, als ob. Und die wahre Wahrheit will sowieso keiner wissen. Außerdem ist es auch keine wie immer geartete Wahrheit, wenn du behauptest, Grühn hätte Leichen im Keller liegen."

„Hab ich ja nicht. Ich habe gesagt, in Schweinfurt soll es viele geben, die Leichen im Keller haben. Von Grühn kein Wort. Obwohl er natürlich die tiefsten Keller überhaupt hat."

„Woher willst du das denn wissen?“

„Von einem, der es weiß“, sagte Sören. „Wir Ostfriesen haben hier in Schweinfurt nämlich einen Stammtisch, einmal die Woche. Jever-Schnack heißt der. Mit dabei ist Rechtsanwalt Gregor Blechschmitt. Er stammt aus Leer und lebt wie ich hier im Exil. Und er kennt den Hartmut Grühn sehr gut. Und neulich hat er davon geschnackt, dass es unter der Brauerei uralte Gewölbekeller gibt, die ganz tief hinabreichen. Und da soll allerhand verborgen sein.“

„Und sofort treibt deine blühende Phantasie wieder die wildesten Blüten“, seufzte Patricia. „Du solltest Schriftsteller werden, Journalist ist nichts für dich.“

„Hab ich mir auch schon überlegt. Vielleicht schreib ich einen Schweinfurt-Krimi. Wo doch dieser Lothar jetzt verschwunden ist.“

Die Tür von Olaf Röders Büro öffnete sich. Der Redaktionsleiter kam mit hochrotem Kopf heraus.

„Hartmut Grühn hat angerufen“, schrie er. „Sören, sofort zu mir!“

15

Der Weg ging steil hinab. Dann waren sie am Strand. Blasser weißer Sand, viele Kieselsteine. Die Brandung schwappte hoch bis zu den flachen Dünen.

„Flut", krächzte Seamus. Er nahm die Pfeife aus dem Mund und wies damit auf ein Haus, das ein paar hundert Meter weiter auf einem kleinen Hügel lag. „Da vorn isses."

„Haben Sie ihn gekannt?", fragte Blacky, während sie darauf zugingen. „Ich meine, kennen Sie ihn?"

„Wen?"

„Lothar, meinen Freund. Den Schriftsteller."

„Flüchtig. Wie das hier halt so ist mit den Fremden. Sie kommen und gehen. Niemand weiß, was sie eigentlich tun. Es sind merkwürdige Leute darunter."

„Gibt es viele Fremde hier?"

Seamus nickte. „Schon eine ganze Menge, ja. Es sind immer mehr geworden. Sie haben die alten Cottages gekauft. Was ja auch wieder sein Gutes hat, weil sie sonst verfallen wären."

„Und warum sind manche von ihnen merkwürdig?"

„Stellst gern Fragen, was?" Der alte Mann ließ einen Rauchkringel aufsteigen. „Sind halt Künstler. Behaupten sie wenigstens. Vielleicht sind sie auch nur verrückt. Am seltsamsten sind nicht mal die Ausländer. Den größten Sprung in der Schüssel haben die irischen Künstler. Hinter dem

Hügel wohnt eine Lady, die is so was von durchgeknallt … kannst du dir gar nicht vorstellen."

„Warum? Was ist mir ihr?"

„Ach egal. Ich red nicht gern über andere Leute. Hab schon viel zu viel gesagt. Weil du mich mit deinen Fragen ausquetschst. So, wir sind da."

Ein niedriges, einstöckiges Cottage, wie Blacky mittlerweile schon einige gesehen hatte. Weißverputzte Außenmauern, mit grauem Schiefer gedecktes Dach, ein großer Schornstein, blaugestrichene Haustür. Zum Strand hin eine kleine Terrasse mit Tisch und Stühlen.

„Also dann", sagte Seamus. „Ich werd mich mal auf die Socken machen. Will noch zum Angeln."

„Ja", erwiderte Blacky unschlüssig. „Aber ich kann da doch nicht so einfach reingehen."

„Wer denn sonst", meinte Seamus. „Einer muss sich ja kümmern. Die Tür is ganz bestimmt offen."

„Weiß ich schon. Inspektorin Shaw hat es mir gesagt."

„Ach, die Zimtzicke. Labert viel rum."

„Ist sie so schlimm? Ich fand sie eigentlich ganz nett."

„Sie ist neu. Erst seit 'nem halben Jahr in Killybegs. Es heißt, sie stöbert gern in alten Geschichten herum."

„Vielleicht ist das ja ihr Job."

„Blödsinn", brummte Seamus. „Die von der Garda sollen sich um totgefahrene Schafe kümmern. Ham'se genug mit zu tun."

„Hat man eigentlich irgendwas gehört?", fragte Blacky vorsichtig. „Über meinen Freund? Was eine Erklärung liefern könnte? Inspektorin Shaw hat von Anhaltspunkten gesprochen. Und von Spuren."

„Ich sag doch, sie labert viel rum. Und gehört hab ich

nichts. Man redet hier nicht über die, die von der Klippe springen. Das bringt Unglück. Sie müssen ihren Frieden finden, irgendwo da draußen."

„Und wo ist eigentlich sein Auto? Ich meine, er hatte doch eines, oder?"

„Klar. Is kaputt und steht schon seit über einer Woche in O'Healey's Werkstatt rum. Ich muss jetzt aber."

Seamus tippte grüßend gegen den Schild seiner Schiffermütze und stapfte davon. Das Aroma des Pfeifentabaks hing in der klaren Luft. Als er allein war, hörte Blacky die Stille. Sie war ohrenbetäubend.

Er sah noch eine Weile auf das Panorama, das sich vor ihm ausbreitete. Auch Mainfranken konnte schön sein, aber dort war alles geordnet, gezähmt, für den Menschen zurechtgemacht. Hier war nichts geordnet und gezähmt, es war eine wilde Landschaft von archaischer Schönheit. Der Mensch hatte sich darin ein paar Eckchen abgetrotzt, doch die Landschaft schien keine weitere Notiz von ihm zu nehmen. Und dem Meer war der Mensch ja ohnehin egal. Jetzt war Flut, später würde Ebbe sein, so war es von jeher, so würde es immer sein. Das hatte nichts mit Geschichte zu tun, mit Epochen, Jahreszahlen und Ereignissen; das Meer kannte keine Zeit. Seine Weite deutete Ewigkeit an, aber das stimmte natürlich nicht. Denn auch dieses Meer hatte Grenzen, es stieß an andere Ufer. Der blaue Spiegel der Unendlichkeit war eine Täuschung – wie so vieles in dieser Welt eine Täuschung war.

Blacky öffnete zögernd die blaue Tür. Sie war tatsächlich nicht verschlossen. In der Diele stand ein Golfbag mit der üblichen Batterie von Schlägern. Golf ist eine subtile Art von Religion, pflegte Lothar immer zu sagen, und ein Spiel auf Leben und Tod. Aber er sagte viele solche Dinge, und manche davon schrieb er auch auf.

In dem, was wohl Wohn-, Lebens- und Arbeitszimmer in einem war, sah es so aus, wie Blacky es erwartet hatte. Befangen schaute er sich um. Stapel mit Zeitungen und Zeitschriften, gefährlich nah am Kippen. Bücher überall. Auf einer Anrichte eine exquisite Sammlung von Whiskeys. Eine fast schon nostalgische Hi-Fi-Anlage mit noblen Boxen. Hunderte von CDs mit klassischer Musik von Bach bis Schönberg. Es musste schon eine außergewöhnliche Gegend sein, wenn man bei einer solchen Einrichtung die Tür nicht abschloss.

Der Schreibtisch ein Chaos von Akten und Papieren, völlig ungeordnet. Zugeklappt dazwischen das silbrige *MacBook Air*. Seltsam, dass es die Polizei nicht mitgenommen hatte. Wie hatte Illaun Shaw gesagt? *Wir haben alle Spuren gesichert.* Wieso werteten sie dann den Computer nicht aus?

Die Küche, das Bad, das Schlafzimmer, ein Gästezimmer – alles wirkte völlig normal und bewohnt. Blacky hatte unablässig das Gefühl, Lothar würde jeden Augenblick zur Tür hereinkommen. Auftauchen, wie er auch in Schweinfurt immer auftauchte: plötzlich, unangemeldet, raumgreifend, eigensinnig.

Er ging ins Wohnzimmer zurück und setzte sich in den ledernen Lesesessel. Wartete. Erst fiel es ihm gar nicht auf, dass er wartete. Dann wurde es ihm bewusst. Es war wie immer. Lothar kam zu jeder Verabredung zu spät. Grundsätzlich. Er kam auch diesmal zu spät. Aber er würde kommen. Blacky musste nur warten.

16

Staatsanwalt Thorsten Storg von der Staatsanwaltschaft Schweinfurt war an der Stadtmauer eingetroffen, stand neben Kriminalkommissarin Marion Werner und diskutierte mit dem Rechtsmediziner, dem Seniorchef des Bestattungsunternehmens *Medich* und zwei von dessen Angestellten über die sinnvollste Weise, das Skelett ins Institut für Rechtsmedizin nach Würzburg zu verbringen.

„Ich sehe letztlich nur eine Möglichkeit", sagte der Rechtsmediziner, „die Auffindesituation authentisch zu erhalten. Wir müssen den Rasen und eine Schicht des darunterliegenden Erdreichs abtragen und den gesamten Corpus wie auf einem Teppich transportieren. Sonst zerstören wir alles. Es kann auf jedes Detail ankommen."

„Was für ein Aufwand", meinte der junge Staatsanwalt. „Sie haben doch alles fotografiert und dokumentiert."

„Das sind nur Bilder, Skizzen und Messungen. Der Originalzustand ist wichtig. Für uns und für die Kollegen von der Archäologie. Die Alternative wäre, hier ein Zelt aufzubauen und die Untersuchungen vor Ort durchzuführen. Aber auch dann müssten wir die Knochen irgendwann ins Institut schaffen. Die Feinanalysen können wir nur dort vornehmen. Außerdem würde allein die Tageshitze heute zu Veränderungen führen, die manche Ergebnisse von vornherein verfälschten."

„Ich halte das für übertrieben“, sagte der Bestattungsunternehmer. Er sah sein lukratives Geschäft in Gefahr. „Wir haben wie schon gesagt Spezialbehälter und verfügen über genügend Erfahrung …“

„Alles schön und gut“, unterbrach ihn Thorsten Storg. „Aber es wird uns nichts anderes übrigbleiben, als dem Vorschlag der Gerichtsmedizin zu folgen. Sie bleiben selbstverständlich mit im Boot und sorgen dafür, dass die ganze Transaktion fachgerecht abläuft. So oder so sind das ja sterbliche Überreste. Entweder haben wir es mit einem Verbrechen zu tun, oder aber es sind Knochen aus längst vergangener Zeit, also Sache der Justiz oder der Wissenschaft. Solange das nicht geklärt ist, ist die Staatsanwaltschaft zuständig. Und damit hat zunächst die Rechtsmedizin das Sagen.“

„Sehr gut“, erwiderte der Rechtsmediziner. „Präzise auf den Punkt gebracht. Herr Medich, wie wollen wir weiter vorgehen?“

„Ich schlage vor, wir wenden uns an die Friedhofsverwaltung. Der Chef soll sich das anschauen und dann seine besten Leute herschicken. Zusammen mit meinen Männern tragen wir den Rasen ab, schieben Bretter zur Stabilisierung unter das Erdreich und verladen das Ganze in ein großes Fahrzeug. Mein Sohn und ich werden die Knochen fachgerecht fixieren, damit nichts verrutscht. Es ist natürlich eine diffizile Angelegenheit, die äußerste Vorsicht und Fingerspitzengefühl erfordert.“

„Apropos Friedhofsverwaltung“, sagte der Staatsanwalt zu Marion Werner. „Sind denn schon Rückmeldungen eingetroffen?“

„Mein Kollege Urban ist dran. Von einigen Gemeinden

der Umgebung kam schon was. Keine Hinweise auf irgendwelche Grabschändungen oder so. Die Stadt Schweinfurt prüft noch. Der Hauptfriedhof ist ja eine ziemlich unübersichtliche Angelegenheit."

*

Eine halbe Stunde danach wurden die ersten Spaten angesetzt. Der Rechtsmediziner drängte wegen der Hitze zur Eile. Zehn Minuten später kam es zum Eklat.

Ein Mann war über die Absperrung geklettert und rannte wild gestikulierend auf die Arbeiter zu.

„Halt!", brüllte er. „Aufhören! Niemand macht sich auf meinem Grundstück zu schaffen!"

„Wer ist das denn?", fragte der Staatsanwalt, der sich in den Schatten zurückgezogen hatte.

„Kennen Sie den nicht?", sagte der Juniorchef des Bestattungsunternehmens *Medich*. Er hatte gerade damit begonnen, Vorbereitungen für die Fixierung der Knochen zu treffen. „Das ist Newman."

„Newman? Kenne ich nicht. Ich bin nicht aus Schweinfurt und erst seit ein paar Wochen hier."

„Dann werden Sie ihn jetzt kennenlernen."

Paul Neumann, der zeit seines Lebens zu viel geraucht hatte, blieb keuchend und schweratmend mit hochrotem Kopf stehen.

„Was ist denn hier los?", schrie er. „Welches Arschloch hat das angeordnet? Keiner buddelt auf meinem Grundstück rum! Verstanden? Keiner!"

Staatsanwalt Thorsten Storg trat aus dem Schatten und stellte sich ihm in den Weg.

„Das Arschloch bin ich", sagte er. „Storg von der Staatsanwaltschaft Schweinfurt. Sie befinden sich auf einem polizeilich abgesperrten Areal. Und Sie behindern meine Ermittlungsarbeit. Wenn Sie sich nicht sofort entfernen, werde ich Sie abführen lassen."

„Einen Scheißdreck werden Sie tun. So weit kommt's noch. Ich bin hier auf meinem Grund und Boden."

„Das ist in diesem Fall unerheblich", sagte der Staatsanwalt. „Ich fordere Sie noch einmal auf …"

„Ach, leck mich doch am Arsch", antwortete Paul Neumann. „Und wo is'n eigentlich die Leiche?"

Er versuchte am Staatsanwalt vorbei einen Blick auf das zu erhaschen, was ein paar Meter entfernt umringt von den Arbeitern am Boden lag.

„Hier gibt es keine Leiche", sagte Thorsten Storg. „Gehen Sie jetzt einfach."

„Mein Leibwächter hat mir gesagt, er hat im Radio gehört, dass da, wo der Turm gebaut werden soll, eine Leiche liegt."

„Leibwächter?", sagte der Staatsanwalt verwirrt. „Und welcher Turm?"

Paul Neumann nutzte seine Verunsicherung, schob ihn kurzerhand zur Seite und ging zu den Männern mit den Spaten hinüber. Sie hatten trotz des Geschreis ihre Arbeit nicht unterbrochen und waren damit beschäftigt, rings um das Skelett ein rechteckiges Rasenstück auszustechen. Staatsanwalt Thorsten Storg sah sich nach einem Polizeibeamten um.

Doch der war nicht mehr nötig. Paul Neumann blieb plötzlich stehen, als hätte ihn der Schlag getroffen. Sekundenlang war er wie erstarrt, dann begann alles an ihm zu zucken. Es war, als ob Stromstöße durch seinen ganzen

Körper gejagt würden. Sein Kopf schüttelte hin und her, der Mund war weit aufgerissen. Die Arme schlenkerten asynchron durch die Luft, die Finger stießen ins Leere. Mit den Beinen vollführte er Bewegungen, die aussahen wie groteske Tanzschritte.

Und dann brach ein Schrei aus ihm heraus. Hallte gegen die Stadtmauer, wurde zu einem Echo. Ging in ein wolfsähnliches Heulen über, das noch schrecklicher war als der Schrei. Erstickte in einem Schluchzen. Vom Turm der Salvatorkirche schlug die volle Stunde.

In der Stille danach machte Paul Neumann eine fahrige Geste mit der rechten Hand, als wollte er eine Fliege davonscheuchen. Er schien seinen Körper wieder im Griff zu haben, atmete tief ein und aus. Dann drehte er sich um, schaute dem Staatsanwalt seelenruhig ins Gesicht.

„Die Hölle", sagte er. „Die Hölle hat sich geöffnet."

Er stakste davon. Langsam und bedächtig. Mit gekrümmtem Rücken, weil er auf dem Weg vor ihm etwas zu suchen schien.

„Wer um alles in der Welt ist denn das?", fragte Staatsanwalt Thorsten Storg noch einmal.

„Paul Neumann", erwiderte der Bestattungsunternehmer. „Genannt Newman. Kneipenwirt, Diskothekenbesitzer und Millionär. Wie sagt man so schön? Ein Mann mit Vergangenheit."

*

„Wie lange bist du jetzt schon bei uns, Sören, du Fischkopf?", zeterte Olaf Röder.

Anschisse des Redaktionsleiters von Main-Radio Schweinfurt liefen immer nach dem gleichen Ritual ab. In der

Redaktion brüllte Olaf Röder lautstark nach dem Delinquenten. Dann schloss er hinter sich und seinem Opfer die Bürotür. Anschließend ließ er sich in seinen gewaltigen lederbezogenen Drehstuhl fallen und legte die Füße auf den Schreibtisch. Das hatte er in amerikanischen Filmen gesehen. Der Delinquent musste stehen bleiben. Die Lautstärke nahm Olaf Röder jetzt zurück, dafür verfiel er in einen anklagenden Quengelton.

„Seit 'nem guten halben Jahr", antwortete Sören.

„Und … hast du in dieser Zeit schon irgendwas von Schweinfurt verstanden?"

„Nö."

„Wo kommst du gleich noch mal her?"

„Aus Ostfriesland."

„Das weiß ich. Ich meine, aus welcher Stadt?"

„Aus Wilhelmshaven. Der Perle der Nordsee."

„Genau, aus Wilhelmshaven", sagte Olaf Röder. „Gibt es in Wilhelmshaven irgendwelche wichtigen Leute?"

„Weiß nicht", antwortete Sören. „Wir haben einmal im Jahr 'nen Grünkohlkönig."

„Ich meinte, reiche Leute … die das Sagen haben."

„Ja, schon. Die Reedersfamilien beispielsweise. Die sind zwar nicht mehr reich, haben aber immer noch das Sagen."

„Siehst du … Und tritt man solchen Leuten auf den Schlips?"

„Kommt drauf an. Mein Vater sagt immer, man muss sich auch von den stinkfeinen Leuten nicht alles bieten lassen."

„Ah ja. Und was ist dein Vater von Beruf?"

„Fischhändler", sagte Sören. „In der vierten Generation. Wir sind aber keine reichen Leute."

„Also“, sagte Olaf Röder, „bei uns in Schweinfurt ist das ähnlich. Und trotzdem anders. Du kannst hier schon manchen Leuten auf den Schlips treten. Aber nicht denen, die zum Klüngel gehören. Verstehst du?“

„Nö.“

„Egal. Merk dir nur eines: Hartmut Grühn gehört zum Klüngel. Ganz gewaltig sogar. Er ist das Zentrum des Klüngels. Hast du schon mal sein Bier getrunken, das Schweinfurter Grühn?“

„Nö. Ich trink nur Jever. Und neuerdings Frankenwein. Der hilft gegen meine Akne.“

„Auch egal. Jedenfalls“ – Olaf Röder hob merklich die Stimme – „gilt bei Main-Radio ein Gesetz: Hartmut Grühn wird nicht angepisst. Nicht kritisiert. Nicht hinterfragt. Er wird nur lobend erwähnt. Hast du mich verstanden?“

„Ja, aber …“

„Kein Aber. Überhaupt kein Aber. Du hast angedeutet, Hartmut Grühn hätte Leichen im Keller. Mal abgesehen davon, dass das natürlich stimmt, verinnerlichst du Folgendes: Bei Main-Radio Schweinfurt haben solche Andeutungen über Hartmut Grühn nichts verloren. Und deshalb wirst du dich so rasch wie möglich zu ihm hinbewegen, dich vor ihm auf den Boden werfen und um Entschuldigung betteln. Ist das klar?“

„Nein“, sagte Sören. „Aber ich werd's trotzdem tun. Weil ich hier nämlich nur der Volontär bin. Also der Arsch vom Dienst. Vielleicht werde ich doch besser Fischhändler. In der fünften Generation. Der Fisch stinkt ja überall vom Kopf her.“

„Raus!“, schrie Olaf Röder. „Aber sofort!“

17

Wie lange hatte er dagesessen? Nicht lange, aber es kam ihm wie eine kleine Ewigkeit vor. Er hatte an nichts gedacht, nur ein paar Erinnerungen zugelassen. Erinnerungen an jemand, den er immer, ohne viel darüber nachzudenken, seinen Freund genannt hatte. Sie kannten sich schon so lange, aber kannten sie sich wirklich? Eine Freundschaft besteht darin, sich darum keine Gedanken zu machen. Und darüber kein Wort zu verlieren. Lothar war in der Vergangenheit immer unvermutet aufgetaucht und genauso schnell wieder verschwunden. Blacky hatte stets gewusst, dass er sich darauf verlassen konnte, dass er immer wieder auftauchte. Warum sollte es jetzt anders sein?

Plötzlich musste er lachen. Ihm war eine andere Freundschaft eingefallen. Die zwischen Sherlock Holmes und Dr. John Watson. Die beiden hatten seines Wissens auch niemals ein Wort über ihre Freundschaft miteinander gesprochen. Sie war einfach selbstverständlich. Und Dr. Watson schrieb die Abenteuer von Sherlock Holmes auf, als eine Art Biograph. Lothar schrieb auch Kriminalromane, aber leider völlig erfolglos. Und sein Schweinfurt-Krimi mit der Profilerin Linda Morata war total untergegangen. Niemand hatte ihn je lesen wollen. Blacky erinnerte sich, dass Lothar bei seinem letzten Besuch davon gesprochen hatte, trotzdem eine Fortsetzung zu planen. Konnte es sein, dass ihn dieser

Misserfolg …? Ach Quatsch – Misserfolge kümmerten ihn nur, wenn er beim Golf verlor.

Sollte er weiter hier auf ihn warten? Warum eigentlich? Lothar war irgendwo, aus irgendeinem Grund. Er wollte deshalb auch nicht anfangen, hier herumzukramen und nach etwas zu suchen, das er wahrscheinlich sowieso nicht finden würde. Besser war es, die Zeit zu nutzen und ein paar Erkundigungen einzuziehen. Vielleicht würde er damit der Antwort auf seine Fragen näherkommen. Da von den Einheimischen offensichtlich keiner mit ihm reden wollte und auch Seamus gemauert hatte, blieb nur eines: Er würde sich an die sogenannten Fremden wenden müssen. Ein Haus hatte ihm der alte Mann ja schon gezeigt: das der durchgeknallten Lady hinter dem Hügel.

Blacky zog die Haustür hinter sich zu und marschierte los. Erstaunlicherweise knallte die Sonne vom Himmel, als ob Irland tief im Süden läge. Kinder kamen ihm entgegen, ausgerüstet mit Luftmatratzen und Schwimmringen; sie schienen allen Ernstes im Meer baden zu wollen. Auch sie würdigten ihn keines Blickes, rannten stumm an ihm vorbei, taten so, als ob er nicht existierte.

Das Cottage der irischen Künstlerin war nicht zu übersehen. Es war nicht weiß gestrichen, sondern schwarz-weiß wie ein Zebra angemalt. Die Fensterrahmen waren blutrot, die Haustür war knallgelb. Die Lady schien schreiende Farben zu mögen. Im Garten waren riesige Steine aufgestellt, die einen Kreis um das Haus bildeten. Einige hatten noch ihre Naturfarbe, andere waren dick überpinselt worden und leuchteten in der Sonne – grün, blau, weiß, gelb. Alle trugen primitiv aussehende Ornamente oder Schriftzeichen quer durch die Alphabete dieser Erde.

Ein quietschbuntes Stonehenge zwischen Warhol und Schlingensief, dachte Blacky. Erstaunlich, dass Lothar von seiner Nachbarin nie erzählt hatte.

Aber das Cottage wirkte verlassen. Er ging durch den Garten zur Haustür und klopfte. Eine Klingel gab es hier nicht. Nichts rührte sich. Er klopfte noch einmal. Stille.

Was nun? Blacky sah sich um. Es gab noch zwei Cottages in der Nähe. Vielleicht würde er dort jemanden treffen, mit dem er sprechen konnte. Er machte sich erneut auf den Weg. Bewegung in frischer Meeresluft. Allmählich verspürte er Hunger. Heute morgen, nach dem Frühstück im B & B, hatte er nicht geglaubt, jemals wieder essen zu können. *Full Irish Breakfast* hatte ihm die nette alte Dame mit bezauberndem Lächeln serviert: Toast, Butter, drei Spiegeleier, gebratenen Speck, fünf Bratwürstchen, gebratene Blutwurst, zwei gegrillte Tomaten, vor Bratfett triefende Pilze. Er hatte es nicht übers Herz gebracht, die alte Dame zu enttäuschen und etwas stehenzulassen. Dafür aber kurz mit dem Gedanken gespielt, in einem Pub im Hafen von Killybegs einen Morgenwhiskey zu trinken. Nur sein sehr ausgeprägtes Autofahrergewissen hatte ihn davon abgehalten.

Im „Yeats Inn" hatte ihm der Wirt immerhin ein Bier auf den Tresen gestellt, man würde ihm dort wohl auch etwas zu essen geben – stillschweigend natürlich. Er würde es nachher auf einen Versuch ankommen lassen.

Das erste Cottage, das er erreichte, schien ebenfalls nicht bewohnt zu sein. Einige hundert Meter entfernt das zweite. Als er näherkam, kläffte ein Hund. Zögernd ging er weiter. Auf der Terrasse stand eine Liege. Daneben ein großer schwarzer Hund, der mittlerweile unangenehm knurrte. Blacky blieb auf Abstand. Eine Hand glitt von der Liege, packte den Hund am Halsband. Sein Knurren wurde leiser. Dann erschienen ein Arm und eine Schulter. Die Person auf der Liege richtete sich auf.

Mit Interesse sah Blacky, dass es eine sehr braungebrannte junge Frau war, die sich jetzt nach ihm umdrehte. Sie trug einen roten Bikini und hatte verhangene Schlafzimmeraugen. Offenbar hatte sie in der prallen Sonne gedöst.

Natürlich sagte sie sofort den dümmsten Satz, den Hundebesitzer auf Lager haben.

„Keine Angst, er beißt nicht."

Sie hatte eine angenehm dunkle Stimme mit einem charmanten Akzent. Blacky tippte darauf, dass sie Französin war.

„Hi", sagte er. „Ich wollte nicht stören."

Ein gequältes Lächeln verriet, dass sie sich gestört fühlte.

„Ich bin eigentlich nur auf der Suche nach dieser Frau … dieser Künstlerin, die in dem Cottage am Hügel wohnt."

„Eileen? Sie ist nicht da. Sie ist verreist. Schon seit über einer Woche."

„Okay, danke." Er spürte, dass er gehen sollte. Sie hatte nach einem großen bunten Seidentuch gegriffen und legte es sich um die Schultern. Die Schlafzimmeraugen signalisierten deutlich Desinteresse.

„Leben Sie hier?", fragte er trotzdem.

„Ja, tue ich." Kurz und knapp. Der Hund begann wieder leise zu knurren.

„Kennen Sie vielleicht den Schriftsteller, der hier wohnt?"

„Ken? Er wohnt in dem Cottage da drüben." Sie zeigte auf das Haus, das unbewohnt gewirkt hatte. „Er ist aber auch nicht da."

„Ken?"

„Ja, Ken Shaw. Der bekannte Kriminalschriftsteller." Sie hörte sich jetzt sehr ungeduldig an.

„Ach, er wohnt auch hier", sagte Blacky verblüfft.

„Manchmal. Wenn er schreibt."

„Ich meinte eigentlich den deutschen Schriftsteller. In dem ersten Cottage am Strand."

„Er ist tot", sagte sie leise.

„Ja", sagte Blacky. „Vielleicht."

Sie antwortete nicht darauf. Sah ihn auch nicht an. Saß auf der Liege und schaute aufs Meer hinaus.

„Haben Sie ihn gekannt?"

Jetzt wandte sie ihm das Gesicht zu. Er las ihren Unwillen darin. Hau endlich ab, stand da.

„Eigentlich nicht", sagte sie schließlich.

„Ja dann. Danke." Er nickte ihr zu und versuchte zu lächeln. Sie erwiderte das Lächeln nicht.

Er hörte das Kläffen des Hundes noch eine ganze Weile, als er auf das Dorf zuging. Er hatte nichts erfahren und wusste doch mehr. Ken Shaw hatte gestern Abend exakt die halbe Wahrheit gesagt. Auf die Frage, ob er Lothar gekannt habe, hatte er geantwortet: *Nein. Er war ein Fremder.* Also hatte er ihn gekannt, aber gemäß der Sitte von Ballyluffininish als Fremden betrachtet. Und die junge Dame im roten Bikini hatte alles vor ihm verborgen, was sie wusste.

18

Ein Mann rennt durch Schweinfurt.

Er rennt durch seine Stadt. Früher hat er sie gehasst. Dann war sie ihm lange Zeit egal gewesen. Nun mag er sie. Vielleicht liebt er sie sogar – auf eine bestimmte Weise. Sofern man eine Stadt tatsächlich lieben kann.

Er kennt sie bis in die allerletzten Winkel und Ecken. Ihre Hässlichkeiten. Ihre Schönheiten. Vor allem kennt er ihre Abgründe. Die verborgenen Abgründe. Er hat sich oft genug dort aufgehalten. Sie haben ihn immer wieder angezogen. Sein ganzes Leben lang.

Sein Leben ist ein Schweinfurter Leben. Fast ganz und gar. Geboren im Städtischen Krankenhaus. Aufgewachsen am Hochfeld. Kerschensteiner-Schule. Dann Humboldt-Gymnasium. Eine einzige Katastrophe. Flucht auf die Realschule. Schwierige Pubertät, Höhepunkt ausgerechnet um 1968. Wilde Jahre. Empörung, Revolution, Opposition. Benno Ohnesorg während des Schahbesuchs von einem Polizisten erschossen. Vietnamkrieg. Che Guevara getötet. Attentat auf Martin Luther King. Rudi Dutschke ermordet. Studentendemonstrationen. Ho Chi Minh. Flower Power. Hippies, in Schweinfurt die Gammler genannt. Ausflüge nach Amsterdam, um einzukaufen. Haste Hasch in der Tasch, haste immer was zu nasch.

Newman haschte, protestierte und war dagegen. Grundsätzlich. Gegen alles. Und er war dabei. Bei jeder Dummheit, die in Schweinfurt begangen wurde, war er dabei. Mondscheinpartys am Baggersee. Rumhängen im *Töff*, Konspiration in der *Teestube*.

Macht mit Müh und Not die mittlere Reife. Beginnt eine Lehre bei seinem Onkel in der Brauerei. Bricht sie ab. Verschwindet nach München. Haust in einer Schwabinger Kommune. Kehrt nach Schweinfurt zurück. Lebt mit der Family in einer Kommune. Trampt durch Europa. Bis nach Marokko. Eröffnet in der Oberen Straße den Irish Pub.

Dann die Sache mit seiner Mutter. Er trauert maßlos. Wird ein anderer und bleibt doch der Alte. Immer wieder Frauen. Frauen. Frauen. Das ganze Leben eine Party. Hinterlässt Scherbenhaufen um Scherbenhaufen. Geschichten, Gerüchte, Verleumdungen. Und Neid. Neid auf den bunten Hund, der sich alles traut und sich um nichts schert.

Newmann und seine Stadt. Jeder kennt ihn, keiner kennt ihn wirklich.

Ein Mann rennt durch Schweinfurt. Als wäre der Teufel hinter ihm her. Angst rennt mit ihm.

Paul Neumann rennt durch Schweinfurt.

Am Geburtshaus des Dichters vorbei. Über den Marktplatz. Macht wie immer einen großen Bogen um die Buchhandlung *Kakadu*. Ewald könnte in der Tür stehen. Todfeind. Die Spitalstraße ist zu voll. Metzgergasse. Judengasse. Mit abgewandtem Gesicht vorbei an *Viva Porcellino*. Joe, der tätowierte Barista, wischt die Tische ab. Todfeind. Schräg gegenüber das Antiquariat, Tür wie immer weit offen. Luc sitzt zwischen seinen Büchern und spielt Blockflöte. Todfeind.

Herzrasen, Atemnot, Seitenstechen.

Sein Arzt hat es ihm neulich erst vorgerechnet: fast eine halbe Million Zigaretten in all den Jahren. Er bleibt stehen, japst nach Luft. Schleicht mühsam weiter über das Pflaster der Judengasse. Biegt nach rechts ab. Bleibt wieder stehen, vor dem Schrotturm.

Eine Idee, geboren aus der Angst.

Zieht das Smartphone aus der Hosentasche. Wladi meldet sich. Keine große Erklärung, nur eine klare Beschreibung. Und ein Befehl. Wladi versteht wie immer sofort alles. Er sieht nur brutal dumm aus, ist aber blitzgescheit.

Weiter. Die Petersgasse. Der altvertraute Geruch von Räucherstäbchen. Auch die Tür von Sandra Galls Laden steht an diesem heißen Tag offen. Er überlegt kurz.

Geht daran vorbei.

*

Die Bergung des Skeletts am Unteren Wall hatte die kritische Phase erreicht. Es war den Arbeitern der Städtischen Friedhofsverwaltung gelungen, das entsprechende Stück des Rasens sauber abzutragen und auf ein großes stabiles Brett zu schieben. In geduldiger Kleinarbeit hatten die beiden Bestattungsunternehmer die Knochen mit Klebeband, Draht und Nägeln in ihrer jeweiligen Lage fixiert. Ein Transportfahrzeug stand bereit, und der Rechtsmediziner war bester Dinge.

„Saubere Arbeit", sagte er aufgeräumt. „Die Kollegen von der Archäologie werden staunen, was wir da zustande gebracht haben."

Staatsanwalt Thorsten Storg und Kriminalkommissarin Marion Werner hatten den Fundort längst verlassen. Nur Kriminalmeister Kilian Urban war noch auf Beobachterposten. Es war früher Nachmittag geworden, er saß abseits auf einer Bank und döste. Verkehrslärm vom Paul-Rummert-Ring flutete monoton zu ihm herüber. Das hochtourige Jaulen eines Motorrads schreckte ihn auf.

Vier Männer des Bestattungsunternehmens begannen das zu tun, was sie am besten konnten: Tote zu transportieren. Vorsichtig hoben sie das Brett an, auf dem das Rasenstück und das Skelett lagen.

„Gerade halten", mahnte der Juniorchef der Firma *Medich.* „Ganz gerade halten. Es darf nichts verrutschen."

Sie erreichten den Kiesweg und trugen ihre Last behutsam zu dem Kleinlaster hinüber. Kriminalmeister Urban hatte die Augen wieder geöffnet und beobachtete auftragsgemäß die diffizile Aktion.

Plötzlich war das Motorrad da. Es kam über den Rasen von der anderen Seite her und hielt auf die Männer des Bestattungsunternehmens zu. Eine schwere Maschine. Der Fahrer in schwarzer Lederkluft mit geschlossenem Helm. Er machte keine Anstalten, langsamer zu werden, im Gegenteil.

Kriminalmeister Urban sprang von der Bank hoch.

„He!", brüllte er gegen den Lärm an.

Als ob das ein Kommando für sie gewesen wäre, ließen die vier Männer das Brett fallen und sprangen zur Seite. Es krachte auf den Boden, die fixierten Knochen bebten. Der Fahrer bremste scharf ab, brachte das Motorrad direkt neben dem Brett zum Stehen und trat mit seinem rechten Stiefel wüst auf die Knochen ein. Dann gab er wieder Gas, fuhr auf Höhe des Beckens über das Skelett, wendete rasant, fuhr auf Höhe der Rippen erneut darüber. Er riss die Maschine vorn kurz in die Höhe und jagte davon.

„Halt! Stehenbleiben! Polizei!", schrie ihm Kriminalmeister Urban hinterher und tastete an seiner Hüfte herum. Bis ihm einfiel, dass er keine Dienstwaffe bei sich trug.

Die Männer des Bestattungsunternehmens fluchten, Seniorchef und Juniorchef standen mit offenem Mund da, der Rechtsmediziner kniete am Boden und studierte das anatomische Puzzle, das vor ihm lag.

19

Der Rückweg ins Dorf führte ihn an der Friedhofsmauer und seinem Auto vorbei. Auf der Kühlerhaube lag ein großer Stein. Ein glattgeschliffener Kiesel, wie sie am Strand zu Tausenden zu finden waren. Darunter ein Zettel. Er nahm ihn und faltete ihn auseinander.

Don't stay here.

Nett. War das wieder eine der hiesigen Sitten und Gebräuche Fremden gegenüber? Oder eine Warnung? Gutgemeint oder als Drohung? Und hieß das jetzt: Hau sofort ab! Oder: Bleib bloß nicht hier! Die englische Sprache konnte sehr uneindeutig sein.

Blacky steckte den Zettel ein, legte den Stein auf die Friedhofsmauer und ging die Straße runter zum Pub. Er kannte sich schon richtig gut aus in Ballyluffininish.

Es war jetzt später Nachmittag, der Pub war voller Männer. Es sah wieder so aus, als ob keiner auch nur die geringste Notiz von ihm nehmen würde. Aber inzwischen war er vom Gegenteil überzeugt. Mit Sicherheit war er Dorfgespräch.

Auf einer Wandtafel stand *Menu.* Darunter *Roast of the day served with mashed potatoes.* Er ging zum Tresen und orderte beim Wirt, der ihn nicht anschaute, ein Bier. Ein zweites Bier am Tag und zu dieser Zeit war gegen alle seine Gewohnheiten. Aber wenn er jetzt eine Cola bestellte, verspielte er alle seine Chancen – wenn er überhaupt welche hatte. „Und dann nehme ich das Tagesmenü", sagte er laut, wartete, bis sein Bier gezapft war, und marschierte zu einem der Tische. Geduldig sah er dem Schaum zu, dann nahm er einen tiefen Schluck. Das erste Guinness heute hatte ihm nicht geschmeckt, das zweite fand er schon besser. „Guinness ist reine Gewohnheit." Ein Spruch von Lothar.

Eine ältere Frau brachte ihm das Essen. Sie sah aus, wie eine deutsche Hausfrau vor Jahrzehnten ausgesehen hatte. Geblümte Mantelschürze, strenger Haarknoten. Aber sie lächelte. Kurz und sehr scheu, aber immerhin.

„Kann man hier eigentlich übernachten?", fragte er.

Sie schüttelte den Kopf. Ihr Gesicht wurde abweisend. Sie drehte sich um und ging in die Küche zurück. Die Sitte hier war konsequent.

Das Essen war fad. Irgendein Braten, eine dunkle Soßenpampe, Kartoffelbrei, Möhren und Broccoli. Er verabscheute Broccoli. Aber vielleicht war das der tiefere Sinn des bitteren Guinness? Mit seinem Geschmack konnte man alles übertünchen.

Was tun? Blacky war sich unsicher. Der Tag würde bald zu Ende gehen. Erreicht hatte er nichts. Er wusste so viel und so wenig wie vorher. Fahren oder bleiben? Der Zettel auf der Kühlerhaube schlug ja eine Antwort vor. Aber genau das war der Punkt: Wenn ihm jemand nahelegte, zu verschwinden, hatte das einen Grund. Doch wenn er diesen Grund erfahren wollte, musste er hierbleiben. Vielleicht kam ja noch eine Botschaft. In welcher Form auch immer. Eines schien auf jeden Fall klar: Ballyluffininish war voller Fragen. Und Blacky mochte Fragen nur, wenn es darauf auch Antworten gab.

Dem Rat des alten Seamus folgend legte er 15 Euro auf

den Tisch. Wahrscheinlich zu viel, aber den Knausrigen wollte er nicht spielen. Dann verließ er den Pub, unschlüssig über seine nächsten Schritte. Doch in solchen Situationen musste man einfach warten und die Zukunft kommen lassen. Wobei die skeptische Frage nicht unberechtigt war, ob in diesem Nest am Ende der Welt die Zukunft zügig kam oder sich unendlich viel Zeit ließ.

Er ging diesmal die Straße in die andere Richtung weiter, erreichte die Kirche, gegenüber ein Einkaufsladen, Typ Tante Emma. Natürlich, jetzt fiel es ihm ein, der Laden von Misses Molly. Lothar hatte ihm davon erzählt. Misses Molly sei eine bezaubernde Person, weil sie immer ein Exemplar seines neuesten Krimis bereithalte.

Blacky betrat den Laden und war erstaunt. Er hatte sich Misses Molly als ältere Dame vorgestellt. Hinter der altehrwürdigen Registrierkasse stand eine flotte Mittvierzigerin mit wallendem rotem Haar. Er spürte sofort, dass sie wusste, wer er war.

Trotzdem stellte er sich förmlich vor.

„Mein Name ist Christian Schwarz. Ich bin ein Freund von Lothar, den Sie ja sicher kennen. Haben Sie in letzter Zeit mit ihm gesprochen?"

Doch statt einer Antwort auf die Frage sah sie ihn eindringlich an und flüsterte: „Don't stay here."

„Oh."

Er zog den Zettel aus der Tasche und hielt ihn ihr hin. Sie nickte.

„Und warum?"

„Tut mir leid", erwiderte sie. „Mehr kann ich nicht sagen."

Reserviertester Tonfall und abweisender Blick. Schon

wieder spürte Blacky, wie er auf Granit biss. Die vielen Steine in dieser Gegend mussten einen magischen Einfluss auf die Menschen haben. Normale Sturköpfe waren nichts dagegen.

„Gut", sagte er. „Kann ich hier irgendwo übernachten?"

Jetzt sah sie ihn einen Moment lang überrascht an. Fast schien es, als könnte sie sich dazu durchringen, etwas preiszugeben.

„Nein", sagte sie dann. „Hier gibt es kein Hotel. Und auch kein Bed and Breakfast."

„Und in … in … Glenkolumbine … oder wie das heißt?"

„Da gibt es ein Hotel. Aber das ist ausgebucht. Leider. Wir haben Hochsaison."

„Okay, und was bedeutet das?"

„Killybegs", sagte sie. „Sie müssen zurück nach Killybegs. Das ist das Beste. Oder nach Donegal. Da ist mehr los. Natürlich könnten Sie auch noch nach Dublin fahren. Da kämen Sie dann am späten Abend an. Und Sie könnten in Temple Bar noch ausgehen."

Warum nicht gleich zum Mond?, dachte Blacky. Jetzt war seine Entscheidung endgültig gefallen. Lothar hatte ihn eingeladen, also würde er sich bei ihm einquartieren. Das Bett im Gästezimmer war ja frisch bezogen.

„Na gut", sagte er zu Misses Molly. „Ich überlege es mir. Danke für die Tipps. Und den guten Ratschlag."

Er wedelte mit dem Zettel und steckte ihn wieder ein. Noch einmal hoffte er, sie würde zu guter Letzt ein Sterbenswörtchen fallen lassen, das ihm weiterhalf. Aber es war nicht so. Ihre Miene blieb undurchdringlich und ihr Schweigen eisern.

Höflich verabschiedete er sich und verließ den Laden. Er spürte den nahen Abend, langsam wanderte er durch die

Hauptstraße von Ballyluffininish zurück zu seinem Auto. Die windschiefen Grabsteine hinter der Friedhofsmauer kamen ihm vor wie eine Armee von Fragezeichen – düstere Fragezeichen, die ihn beunruhigten.

Mit dem Wagen waren es zum Cottage nur zwei oder drei Minuten. Es gab einen Carport, dort stellte er das Auto ab. Er trug seinen Koffer ins Gästezimmer, dann begutachtete er in der Küche den Kühlschrank. Gut gefüllt, alles, was man brauchte, war da. Aber Hunger hatte er sowieso keinen, der deftige Lunch von vorhin lag ihm schwer im Magen. Vielleicht eher ein Whiskey? Für die Nerven und überhaupt, stilvoll auf der Terrasse im Angesicht der untergehenden Sonne.

Inspektion der ansehnlichen Flaschenbatterie auf der Anrichte im Wohnzimmer. Wie nicht anders zu erwarten, standen da die ehrwürdigen und illustren Kandidaten aus Schottland neben einer Reihe von Raritäten, Single Malts in allererster Linie, aber auch exklusive Blended Whiskys. Und natürlich die Iren. In der Minderheit, dafür wahrscheinlich vollzählig. Blacky fand den sehr alten *Jameson* mit einer zu erwartenden Honigsüße für die Tageszeit passend, nahm die Flasche und ein stilvolles Glas und setzte sich nach draußen auf die Terrasse.

Der Himmel war klar und die Luft unendlich mild. Mit grandiosem Pomp, dem majestätischen Meer und der großen Landschaft angemessen, ging die Sonne im Westen unter. Die Nacht zögerte hier am Rande Europas lange, bis sie kam. Merkwürdiges Zwielicht waberte von der See herauf und zog langsam zu den Bergen hinüber. Dann erschien der Mond, fast voll und sehr kühl, spiegelte sein geborgtes Licht im schwarzen Wasser.

Blacky wusste nicht, wie lange er nur dagesessen und geschaut hatte. Eigentlich hatte er sich mit den düsteren Fragezeichen beschäftigen wollen. Aber er war nicht dazugekommen. Er hatte nicht einmal wirklich etwas gedacht. Nur gesessen, geschaut, gefühlt. Waren jetzt schon Stunden vergangen? Es war Nacht, es war frisch geworden, und die Flasche mit dem alten Jameson schien ihm deutlich leerer als zuvor.

Er stand auf, ging ins Wohnzimmer, suchte nach einem Lichtschalter, eine altmodische Stehlampe glomm auf. Jetzt noch ein Kaminfeuer, dachte er, aber dafür war es schon zu spät. Er setzte sich aufs Sofa, blätterte in einigen der Zeitschriften herum, nahm ein paar Bücher zur Hand. Das alles war Lothars Welt, nicht die seine; er war der Filmfreak mit einer fast täglich wachsenden Sammlung von DVDs. Unter dem Fernseher stand eine Reihe von Filmen, er war zu müde, um aufzustehen und sich die Titel anzuschauen.

Diese seltsame Fähigkeit, bei Licht auf dem Sofa von einer Sekunde auf die nächste einzuschlafen. In der Dunkelheit des Bettes wälzte er sich oft ewig lange von einer Seite zur anderen; auf dem Sofa ging es immer schlagartig. Eine jähe Mattigkeit und ein übergangsloser Wechsel von noch sprunghaften Gedanken zum bewusstlosen Versinken.

Genauso jäh dann das Erwachen. Völlige Orientierungslosigkeit. Keinerlei Gefühl für irgendeine Zeit. War er aufgewacht, weil sein Körper allmählich die unbequeme Lage auf dem Sofa spürte? Oder sein Unterbewusstsein ihm zugeflüstert hatte, dass die Nacht ihr ganzes Recht mit Dunkelheit und Bett wollte? Oder war es doch das Geräusch, das ihn geweckt hatte?

Dieses Geräusch, das er auch jetzt noch zu hören

meinte … Bewegungen, Schritte … Blacky blinzelte gegen das Licht und rief sich mühsam ins Bewusstsein, wo er eigentlich war. Dann sofort das Gefühl, nicht allein zu sein. Er hielt den Atem an. Hob sachte den Kopf. Aus den Augenwinkeln heraus nahm er einen Schemen wahr. Oder war es nur der Rest eines Traums? Aber die Tür, die eben geschlossen wurde? Das war doch die Haustür …

Er setzte sich auf. Fuhr sich mit den Händen durchs Gesicht, über die Augen. Dann erhob er sich, ging hinaus in die dunkle Diele. Sah etwas vor sich und prallte dagegen. Das Golfbag fiel um, die Schläger knallten auf den Boden. Er fluchte und öffnete die Haustür. Stockdunkle Nacht. Sie verschluckte alles. Auch die Schritte, die sich eilig entfernten.

Blacky ging ins Wohnzimmer zurück.

Er sah es sofort. Das Notebook, das silbrige *Macbook Air*, lag nicht mehr auf dem Schreibtisch.

20

Um acht Uhr morgens wurde an Murat Demirs Tür geklingelt. Seine Wohnung lag im ersten Stock über dem Fotostudio in der Bauerngasse. Als er aus dem Fenster blickte und unten auf der Straße einen fremden Mann sah, wusste er, dass es sich um einen Abgesandten des Ucar-Clans handelte. Die Männer aus Aserbaidschan ließen ihre Botschaften immer mündlich überbringen – was altmodisch, aber effektiv und sicher war.

Er empfing den Mann im Büro hinter dem Atelier. Sie tranken Tee und sprachen über jede Belanglosigkeit dieser Welt. Dann kam der Gast zur Sache.

„Aiman Ucar und sein Bruder lassen dich grüßen. Sie wünschen dir gute Gesundheit und erfolgreiche Geschäfte. Was dein Anliegen betrifft, soll ich dir ausrichten: Sie haben die Angelegenheit geprüft und für gut befunden. Deshalb stimmen sie deinem Vorschlag zu. Aiman Ucar lässt dir ausdrücklich sein Vertrauen übermitteln. Er hofft sehr, dass du dich dieses Vertrauens würdig erweist. Wann immer du willst, wird Leyla zu dir gebracht werden. Ihr ältester Bruder wird sie begleiten. Wann soll sie bei dir sein?"

„Heute Nachmittag", sagte Murat Demir. „Da habe ich Zeit."

„Gut", sagte der Aserbaidschaner. „Um drei Uhr nachmittags werden wir sie bringen."

Sie tranken ein letztes Glas Tee und verabschiedeten sich. Als der Mann gegangen war, rief Murat Demir seinen Bruder Okan an.

„Abi“, sagte er, „sie haben zugestimmt. Jetzt wird es ernst. Wir müssen unbedingt noch einmal reden.“

*

Kriminaloberkommissarin Kerstin Weiß saß barfuß auf der Kante des Schreibtisches und wippte vor Ungeduld mit ihren langen Beinen. Auch so eine Marotte, die Kriminalkommissarin Marion Werner insgeheim unmöglich fand. Sie würde sich nie auf einen Schreibtisch setzen und auch nicht mit ihren kurzen Beinen wippen. Und sie würde im Dienst auch keinen kurzen Sommerrock tragen. Kriminalmeister Kilian Urban schien die Beine der Oberkommissarin dagegen mit Interesse zu betrachten.

Plötzlich schreckte er hoch.

„Ich hab's“, sagte er.

„Na endlich“, sagte Marion Werner.

Er sah sie an wie ein geprügelter Hund.

„Nein, nicht das Kennzeichen“, murmelte er. „Das habe ich tatsächlich vergessen. Aber etwas anderes …“

„Ich glaub's immer noch nicht“, unterbrach ihn Kerstin Weiß. „Da fährt einer mit einem Motorrad am hellichten Tag über ein Skelett, tausend Leute stehen außenrum, und keiner kann sich danach an das Kennzeichen erinnern. Ist man eigentlich nur noch von Idioten umgeben?“

„Kerstin, bitte“, sagte Marion Werner. „Du hast immer so eine Wortwahl … Es scheint halt arg schnell gegangen zu sein. Alle starrten fassungslos auf den Trümmerhaufen, und dann war der Kerl auch schon fort.“

„Und ein Beamter der Kriminalpolizei Schweinfurt steht wie ein Hornochse daneben, greift nicht ein und vergisst das Kennzeichen. Es ist nicht zu fassen."

„Es war eine komplizierte Kombination", verteidigte sich Kilian Urban zum x-ten Mal an diesem Morgen. „Aber etwas anderes ..."

„Jetzt spucken Sie's endlich aus, Mann!"

„Die Stiefel", sagte Kilian Urban. „Die habe ich schon einmal gesehen."

„Die Motorradstiefel?"

„Es waren keine richtigen Motorradstiefel. Es waren Reitstiefel. Hervorragend gearbeitete Reitstiefel."

„Woher wollen Sie das denn wissen?"

„Ich reite", sagte Kriminalmeister Urban. „In meiner Freizeit. Die Stiefel sind mir neulich bereits aufgefallen. Ich war doch für die Razzia in dieser Diskothek abgestellt."

„Im ‚Chalet'?", fragte Marion Werner. „Newmans Disko."

„Genau. Einer seiner Typen dort, der sich mächtig aufgespielt hat, trug diese Stiefel. Hundertprozentig."

„Also steckt doch Paul Neumann dahinter", sagte Marion Werner. „Na ja, nach dem Auftritt gestern ist das auch logisch. Trotzdem komisch. Weshalb lässt er das Skelett zerstören?"

„Diese Scheißknochen geh'n mir so was von auf den Geist", murrte Kerstin Weiß. „Sie kosten uns nur Zeit, und am Ende stellt sich heraus, dass es irgendein blöder Scherz war."

„Der Staatsanwalt will's jetzt aber wissen", entgegnete Marion Werner. „Der hat sich total da reinverbissen. Er ist heute eigens nach Würzburg gefahren, um bei der ersten

Untersuchung in der Rechtsmedizin dabei zu sein. Wir kommen aus der Nummer nicht so schnell raus."

„Gut", seufzte die Kriminaloberkommissarin. „Dann soll sich der Kollege Urban halt weiter darum kümmern. Was sagen die Friedhöfe?"

„Fehlanzeige", antwortete Kilian Urban. „Keine Auffälligkeiten in Schweinfurt und der näheren Umgebung. Wir lassen ein Suchprogramm durchlaufen, das ganz Deutschland erfasst. Vielleicht kommt damit noch was rein."

„Was ist mit diesem anonymen Anruf bei Main-Radio und der Zeitung?"

„Nur was der Volontär ausgesagt hat: Weibliche Stimme, englischer Akzent. Aber interessant sind die Details des Anrufs ja schon. Demnach ist es das Skelett einer Frau, die vorher in einem Grab gelegen hat. Dann die Verbindung zu Newmans Turm. Und die Ankündigung, dies sei erst der Anfang. Also geschieht vielleicht bald noch mehr."

„Okay", sagte Kerstin Weiß. „Sie bleiben dran. Und knöpfen Sie sich diesen Neumann vor. Irgendwas scheint er ja damit zu tun zu haben."

„Ich?", fragte Kriminalmeister Urban. „Ich soll mir Newman vorknöpfen? Allein?"

„Ja und? Ist das ein Problem?"

„N – n – nein", stotterte Kilian Urban. „Natürlich nicht."

„Na also. Und das war's jetzt dann auch für mich mit dieser Knochengeschichte. Der Chef hat gemailt. Er braucht dringend die Protokolle der neuen Zeugenaussagen. Und er wird länger in Dubai bleiben als geplant. Dort hat es übrigens zur Zeit fünfundvierzig Grad im Schatten. Wolfram schreibt, es sei die Hölle."

Kriminaloberkommissarin Kerstin Weiß hüpfte vom

Schreibtisch und glitt in ihre Schuhe. Rote Schuhe, wie Kriminalkommissarin Marion Werner missbilligend zur Kenntnis nahm.

*

Der Lokalteil des *Schweinfurter Tagblatts* lag aufgeschlagen auf dem Schreibtisch in Hartmut Grühns Büro. Es passierte selten, dass die Finger des Brauereibesitzers zitterten, wenn er sich einen Whisky eingoss, aber an diesem Vormittag taten sie es.

„Und du willst wirklich keinen?“, fragte er.

„Hartmut, es ist noch nicht elf Uhr“, sagte Rechtsanwalt Gregor Blechschmitt. „Und schon wieder sauheiß. Gib mir ein Wasser.“

„Whisky ist auch Wasser“, antwortete Hartmut Grühn. „Lebenswasser. Und solange wir das trinken, sind wir unter den Lebenden.“

Er deutete auf die Zeitung. Das Foto des Skeletts an der Stadtmauer in Großaufnahme.

„Memento mori! So enden wir alle. Und so sehen wir dann aus. Cheers!“

Gregor Blechschmitt griff zur Mineralwasserflasche und prostete seinem Freund und Mandanten damit zu. Er wusste genau, welcher Horrorfilm gerade im Kopf von Hartmut Grühn ablief. Jedes Mal, wenn er auf diese Weise das Leben beschwor, sah er den Tod vor sich. Den Tod seines elfjährigen Sohnes Martin vor vielen Jahren. Ein tragischer Unfall in einem ungelüfteten Braukessel. Bis heute hatte der sonst so hartgesottene und knallharte Mann diesen Schlag nicht verwunden. Hartmut Grühn kippte den Whisky in einem Zug hinunter.

„Und?", fragte er. „Was machen wir jetzt?"

„Ich weiß nicht, worauf du hinauswillst", antwortete der Rechtsanwalt. „Ein schlechter Scherz, oder? Was hat das mit uns zu tun?"

„Frag doch nicht so dämlich."

„Hartmut, bitte. Natürlich kann es sein, dass Newman das nun ausschlachtet. Es uns in die Schuhe schieben will. Aber es wird doch im Ernst keiner glauben, dass wir ihm ein Skelett an die Stelle legen, wo er seinen Scheißturm bauen will. Voodoozauber oder was? Da lachen doch die Hühner."

„Zum Lachen ist das überhaupt nicht", sagte Hartmut Grühn düster. „Umgekehrt wird ein Schuh daraus. Ich glaube nämlich, da steckt etwas Ungeheuerliches dahinter. Und wenn es stimmt, was ich vermute, dann ... dann gnade ihm Gott."

„Ich verstehe gerade gar nichts."

„Kannst du auch nicht. Aber ich habe einen furchtbaren Verdacht. Ich glaube, ich weiß, wer dieses Skelett ist. Oder war."

Es wurde an der Tür geklopft.

„Herrschaftszeiten!", schrie Hartmut Grühn. „Was ist denn? Herein!"

Die Sekretärin steckte den Kopf durch den Türspalt.

„Herr Eckenstade von Main-Radio ist da. Er hat um elf Uhr einen Termin."

„Soll warten", sagte Hartmut Grühn. Er griff wieder nach der Whiskyflasche. „So oder so, es wird Zeit, dass wir diese Kakerlake Newman plattmachen."

21

Blacky verbrachte den Rest der Nacht schlaflos im Lesesessel. Gedanken wirbelten ihm durch den Kopf, die sich nicht zu einem sinnvollen Ganzen fügten. Alles war möglich, doch was genau war dieses Alles? Als der Morgen graute, ging er in die Küche, um sich einen Kaffee zu kochen. Hier gab es keine chromglänzende Saeco wie bei ihm zuhause, mühsam musste er ihn von Hand aufbrühen. Er fand Toast, Butter und Orangenmarmelade, dann setzte er sich zum Frühstücken auf die Terrasse.

Und was nun? Inspektorin Illaun Shaw anrufen und ihr von dem nächtlichen Vorfall berichten? Es war kein Traum gewesen, das Notebook war verschwunden. Also ein Einbruch, ein Diebstahl, damit Sache der Polizei. Vielleicht würde sie das ja dazu bewegen, von ihrer Selbstmordtheorie abzurücken. Und vielleicht gelang es ihm doch noch, aus ihr herauszulocken, welche Hinweise und Spuren sie denn gefunden hatte. Eines würde er ihr dabei nicht auf die Nase binden: dass er von dem Cottage ihres Mannes wusste. Und dass ihr Mann Lothar gekannt haben musste. Denn wenn sich ein Gedanke der Nacht klar herauskristallisiert hatte und bis zu diesem Morgen Bestand hatte, war es der: Hier gab es eine Verbindung, hier lag vielleicht sogar der Schlüssel zu all den Fragen, die ihm niemand beantworten konnte oder eher wollte. Ken Shaw hatte nicht die ganze Wahrheit gesagt. Die junge Dame im Bikini wollte nichts sagen. Und Misses Molly traute sich nicht, etwas zu sagen.

Er holte sein Handy und suchte die Nummer der Garda-Dienststelle in Killybegs heraus. Sergeant Bloom meldete sich. Inspektorin Shaw sei nicht da, sagte er. Sie sei auf dem Weg nach Ballyluffininish. Schon vor über einer Stunde losgefahren.

Dann würde sie bald ankommen. Blacky überlegte, ob er sie zu einem zweiten Frühstück einladen sollte.

*

Eine halbe Stunde später hörte er das Auto. Er ging zur Vorderseite des Cottages. Illaun Shaw stieg aus einem blauen Dienstwagen. In ihrer blauen Uniform sah sie sehr amtlich, männlich und unnahbar aus. Die dunklen Locken hatte sie hochgesteckt. Kein Lächeln zur Begrüßung, nur eine finstere Dienstmiene.

„Guten Morgen", sagte sie auf Deutsch. „Ich wollte mich umschauen, ob alles in Ordnung ist."

„Ich habe schon bei Ihnen angerufen", erwiderte Blacky.

„Ich weiß. Sergeant Bloom hat mich bereits informiert. Was gibt es?"

„Möchten Sie einen Kaffee?"

Sie zögerte. „Haben Sie auch Tee?"

„Ich denke schon. Ich bin hier ja nicht zuhause."

„Der Tee ist in einer Dose in dem Schrank über dem Kühlschrank."

„Sie kennen sich gut aus."

„Wenn ich mir etwas anschaue, dann schaue ich es mir richtig an. Und was ich einmal gesehen habe, vergesse ich nicht mehr."

„Sie sind ja eine echte Polizistin."

Illaun Shaw ging auf den Scherz nicht ein. „Können Sie Tee kochen?"

„Ich glaube schon."

„Also nicht", sagte sie. „Die Deutschen können das nicht. In Hannover war der Tee immer eine Katastrophe. Ich mache das mal lieber selber."

Sie nickte ihm entschlossen zu, ging ins Haus und verschwand in der Küche. Etwas belämmert folgte Blacky ihr und sah zu, wie sie Wasser aufsetzte und Teebeutel in zwei Tassen warf.

„Teebeutel?", fragte er. „Das ist doch kein Kunststück, oder?"

„Nein, aber man muss es trotzdem können. Die richtige Wassertemperatur und die exakte Zeit, um den Tee ziehen zu lassen. Daran scheitert Deutschland."

„Ich trinke eigentlich nur Kaffee", sagte Blacky. Sie sah ihn missbilligend an und schob eine Tasse beiseite.

„Auch gut", sagte sie.

Dann saßen sie auf der Terrasse und schwiegen. Illaun Shaw war mit ihrem Tee beschäftigt. Sie tröpfelte aus einem kleinen Fläschchen Milch hinein, rührte, tröpfelte weiter. Die groben Zuckerkörnchen schien sie einzeln zu versenken. Dann rührte sie wieder. Schließlich blies sie ausgiebig, um den Tee zu kühlen. Endlich nippte sie daran. Und war wieder zurück in der Welt.

„Warum haben Sie angerufen?", fragte sie.

„Weil jemand heute Nacht hier im Haus war", sagte Blacky. „Und das Notebook verschwunden ist."

„Welches Notebook?"

Er sah sie überrascht an.

„Das MacBook Air. Es lag auf dem Schreibtisch."

„Da lag kein Notebook. Das hätten wir sonst sichergestellt. Wir haben uns noch gewundert, weil kein Computer im Haus war. Bei einem Schriftsteller ist das ja sehr ungewöhnlich."

„Ist das einer Ihrer angeblichen Anhaltspunkte, die Sie gefunden haben?"

Ein leises Lächeln umspielte ihre Lippen. „Sie versuchen es immer wieder, stimmt's? Leider nach wie vor kein Kommentar. Wer war hier im Haus? Haben Sie ihn gesehen?"

Blacky erzählte ihr wahrheitsgetreu den Vorfall in der Nacht. Sie hörte aufmerksam zu. Danach hatte er das Gefühl, dass sie beunruhigt wirkte.

„Merkwürdig", sagte sie. „Wirklich merkwürdig."

Er beschloss, aufs Ganze zu gehen.

„Wollen wir nicht endlich die Karten auf den Tisch legen?", fragte er. „Und die Dinge benennen, wie sie sind?"

„Wie meinen Sie das? Haben Sie auch Karten, die Sie mir zeigen können? Dann sollten Sie das schnell tun. Ich führe nämlich eine polizeiliche Ermittlung durch und habe Anspruch auf alle Fakten."

„Vielleicht habe ich auch Karten", sagte Blacky. „Aber solange hier alle mauern …"

„Mauern? Das verstehe ich nicht."

„Solange sich alle in Schweigen hüllen … Misses Molly vom Laden. Diese junge Frau im Cottage hinter dem Hügel."

„Haben Sie mit ihr gesprochen?"

„Natürlich. Was glauben Sie denn?"

„Okay." Illaun Shaw stellte die Teetasse auf den Tisch. Sie tippte mit dem Zeigefinger gegen ihre Nase und schien nachzudenken.

„Wer ist sie überhaupt?“

„Marie? Sie kommt aus Frankreich. Malt ein bisschen. Ich glaube, ihre Eltern sind ziemlich reich.“

„Lebt sie immer hier?“

„Nein. Sie kommt und geht. Wie die meisten. Hat sie was gesagt?“

Das möchtest du gern wissen, dachte Blacky. Und ich weiß auch, warum du es gern wissen möchtest.

„Sie sind alle sehr schweigsam hier“, wiederholte er.

„Okay.“ Wieder tippte sie mit dem Finger auf ihrer Nase herum. Amüsiert sah Blacky zu, wie ihre Gedanken ratterten.

„Erst Sie, dann ich“, sagte sie schließlich. „Was glauben Sie, was passiert ist?“

„Ich weiß es wirklich nicht“, erwiderte Blacky. „Ich weiß nur eines ganz sicher: Mein Freund ist nicht von dieser Klippe runtergesprungen. Freiwillig. Und es war auch kein Unglück.“

„Sondern?“

„Wenn überhaupt, hat ihn jemand gestoßen. Runtergeworfen. Was auch immer. Aber eigentlich glaube ich, dass er noch am Leben ist. Und demnächst wieder auftauchen wird.“

„Wie kommen Sie denn darauf?“

„Weil er so ist“, sagte Blacky. „Er taucht immer unvermutet auf.“

Sie sah ihn an. In ihrem Blick lag etwas Seltsames. Er konnte es nicht deuten. Aber es machte ihm Angst.

„Nun gut“, sagte sie. „Dann bin ich jetzt dran. Wir haben einen Abschiedsbrief gefunden. Mit eindeutigem Inhalt. Und ein sehr seltenes Aufputschmittel. Nach Auskunft unserer Rechtsmedizin nimmt es einem die Angst. Hoch dosiert beflügelt es richtiggehend. In Extremfällen glaubt man sogar, man könne fliegen."

22

„Mensch, Sören“, sagte Rechtsanwalt Gregor Blechschmitt. „Was hast du dir denn dabei gedacht?“

„Weiß auch nicht“, sagte Sören. „Ich wollte halt mal ein bisschen auf die Pauke hauen. Der Sommer ist so gähnend langweilig.“

„Aber doch nicht auf Kosten von Hartmut Grühn. Er ist ein Ehrenmann.“

„Ja“, sagte Sören. „Natürlich.“

Er stand mit Gregor Blechschmitt im schattigen Hof der Brauerei *Grühn* und schwitzte. Kurz vorher hatte er noch wie ein armer Sünder auf einem Stuhl im Büro von Hartmut Grühn gesessen und sich die im Duett vorgetragene Strafpredigt der beiden alten Herren angehört. Der Brauereibesitzer hatte mehrmals gebrüllt und mit der Faust auf den Schreibtisch gehauen. Dann versuchte der Rechtsanwalt, die Wogen zu glätten und die Sache zu einem versöhnlichen Ende zu bringen.

„Du entschuldigst dich jetzt bei Hartmut, und dann vergessen wir das Ganze einfach. Oder?“

Gregor Blechschmitt sah seinen Freund und Mandanten fragend an.

„Meinetwegen“, knurrte Hartmut Grühn.

Der Rechtsanwalt hatte, schon bevor Sören ins Büro gerufen wurde, ein gutes Wort für ihn eingelegt.

„Er ist ein Grünschnabel, Hartmut. Ich kenne ihn von unserem Stammtisch. Eigentlich ein guter Kerl. Er muss sich noch die Hörner abstoßen."

„Halten Ostfriesen eigentlich immer zusammen?"

„Nur wenn sie im Exil leben. Zuhause sind sich alle spinnefeind."

„Das beruhigt mich. Na gut, ich verpass ihm 'nen Anschiss, er soll sich entschuldigen, und dann kann er sich trollen. Aber sorge dafür, dass er zukünftig auf unserer Linie ist. Wir können jeden von der Presse brauchen. Sogar die Fuzzis von Main-Radio sind ab und zu nützlich. Kannst ihm auch mal was zustecken und mit mir abrechnen. Mach ich mit dem Röder ja auch. Funktioniert."

Sören war auf seinem Stuhl hin- und hergerutscht.

„Ja gut, dann entschuldige ich mich, Herr Grühn. Es war dumm von mir. Ich habe die journalistische Sorgfaltspflicht verletzt und einen Zusammenhang hergestellt, den ich nicht beweisen kann."

„Den es nicht gibt, Freundchen", sagte Hartmut Grühn.

„Den ich noch nicht beweisen kann", sagte Sören unbeirrt. „Mein Chef, Herr Röder, hat gesagt, Sie haben Leichen im Keller. Natürlich ist das bildlich gemeint, aber ich traue Ihnen allerhand zu. Und deshalb werde ich weiter recherchieren."

„Sören!", rief Rechtsanwalt Blechschmitt.

„Ach, leck mich doch am Arsch!", fauchte Hartmut Grühn. „An dem ist Hopfen und Malz verloren. Pass auf, Bürschchen, ich werde dafür sorgen, dass du hier in Schweinfurt keinen Boden mehr unter die Füße bekommst. Da kannst du Gift drauf nehmen. Und jetzt verschwinde!"

Sören Eckenstade war hocherhobenen Hauptes gegangen, ein leises Lächeln auf den Lippen. Für einen Augenblick war er in Gefahr gewesen, einzuknicken. Aber dann hatte sein Stolz gesiegt, sein Ehrgefühl und dieses seltsame Etwas in ihm, das ihn schon in der Schule bewogen hatte, Journalist werden zu wollen. Ein Etwas, das eine Mischung aus Renitenz, Verantwortungsbewusstsein, Gerechtigkeitssinn und Neugier war. Er wusste, dass er richtig gehandelt hatte.

„Vielleicht sollten wir noch einmal miteinander reden", sagte Rechtsanwalt Blechschmitt. „Nach meinem Urlaub. Ich denke aber, bei Hartmut Grühn hast du verschissen. Kommst du zum nächsten Stammtisch?"

„Weiß ich noch nicht", sagte Sören. „Bin mir nicht sicher, ob ich in Schweinfurt bleibe."

„Na dann. Ich muss weiter."

Der Rechtsanwalt nickte ihm zu und stapfte in die Hitze hinaus. Ein paar Brauereiarbeiter gingen über den Hof und verließen das Gelände. Offensichtlich hatten sie Mittagspause. Dann kam Hartmut Grühn aus dem Bürogebäude. Er stieg in einen dunkelgrauen Mercedes SLK. Sören drückte sich hinter einen hohen Stapel leerer Bierkästen, als er vorbeifuhr. Jetzt war der Hof leer und verlassen.

Sören sah sich um. Die Brauerei bestand aus zwei Teilen. Einem moderneren Trakt, in dem heute gebraut und abgefüllt wurde, und einem Konglomerat von alten Gebäuden, die alle noch aus den Gründerjahren stammten. Sie schienen weitgehend ungenutzt, Fensterscheiben waren zerbrochen oder blind vor Schmutz, Türen hingen schief in den Angeln. Pittoresker Charme Schweinfurter Industrieruinen. Sören beschloss, einen kleinen Streifzug zu wagen.

Er ging um das größte der alten Gebäude herum. Dahinter ein verlassener Hof, von Gras und Unkraut überwuchert. Morsche Holzpaletten stapelten sich an einer Mauer. Eine niedrige Halle, halb eingestürzt. Er schaute durch eines der dreckigen Fenster. Gerümpel und Berge von zerbrochenem Glas. Hier war lange keiner mehr gewesen.

Also zurück. Der Versuch einer Orientierung: Welches Gebäude hatte welchen Zwecken gedient? Der große mehrstöckige Bau mit dem Schornstein war das alte Brauhaus gewesen. Das Haus daneben vielleicht die frühere Verwaltung. Dann kam ein verwilderter Garten und dahinter die ehemalige Villa. Sie war längst nicht mehr bewohnt.

Sören rüttelte an allen Türen, die er fand. Abgeschlossen. Verriegelt. Verrammelt. Er überlegte. Die alten Keller würden teilweise noch benutzt, hatte Gregor Blechschmitt erzählt. Er überquerte den Hof zur Rückseite der modernen Anlage. Hier standen die grünen Lkw der Brauerei, daneben lagerten Bierfässer aus Metall. Dann sah er die Treppe. Sie führte in einem ummauerten Schacht abwärts.

*

Okan Demir ging nach einem anstrengenden Gerichtstermin direkt zu Cosimos Eisdiele in der Spitalstraße, wo sein Bruder bereits auf ihn wartete.

„Dilek hat angerufen“, sagte er anstelle einer Begrüßung. „Sie und Hülya kommen morgen. Ich hole sie am Flughafen ab.“

„Und wann brauchst du die Bilder?“, fragte Murat Demir.

„So schnell wie möglich.“

„Das Mädchen kommt heute Nachmittag zu mir ins Studio. Ich weiß nicht, ob ich es wirklich machen soll.“

„Du musst. Ich bin unter Druck. Mein Mandant ist am

Durchdrehen. Er hat Todesangst. Sie beschatten ihn. Sie drohen ihm."

„Das ist der Punkt", sagte Murat Demir. „Ich habe auch Angst."

„Warum denn? Für dich ist die Sache völlig ungefährlich. Für mich ist sie vielleicht etwas heikel. Aber für Paul Neumann geht es wirklich um Leben oder Tod."

„Das weiß ich. Ich habe Aiman Ucar in die Augen geblickt. Er ist ein Raubtier. Und er wird uns alle fressen."

„Ich habe die Sache im Griff", sagte Okan Demir.

„Kann man beim Ucar-Clan etwas im Griff haben? Er ist eine Krake mit unendlich vielen Armen."

„Von denen nicht alle gleich stark sind. Ich werde sie an einer schwachen Stelle packen. Die Bilder sind das eine. Das Material, das ich gesammelt habe, ist das andere. Damit habe ich sie in der Hand. Ich könnte sie auffliegen lassen."

„Du spielst ein gefährliches Spiel. Ist es dieser Neumann wert?"

„Er ist ein lukrativer Mandant. Aber es geht um mehr. Die Macht des Clans muss beschnitten werden."

„Du steckst da viel zu tief mit drin, Abi", sagte Murat Demir. „Und ich fürchte, du hast mir längst nicht alles gesagt."

„Es ist vielleicht besser, wenn du nicht alles weißt."

*

Den Mercedes parkte Hartmut Grühn direkt vor dem Haupteingang in der Halteverbotszone. Demonstration seiner Macht und seines Eigensinns. Dann machte er sich auf den Weg. Er war lange nicht hier gewesen. Sein Ort der Trauer war seit vielen Jahren ein anderer. Die Mittagshitze brütete über dem Friedhof und erstickte sogar den Geruch des Todes, der sonst in der Luft hing.

Eine Beerdigung hinter einer der hohen Hecken. Es schien eine beiläufige Angelegenheit. Ein paar Angehörige standen verloren am offenen Grab. Die abgedroschenen Worte eines Trauerredners gingen ins Leere. Abseits im Schatten eines mächtigen Baumes warteten die alten Männer des Bestattungsunternehmens auf ihren kleinen Auftritt.

Totengräber. Spukgestalten. Unglücksraben.

Hartmut Grühn wandte den Kopf ab, als er sie sah. Sein Abscheu vor allen Ausgeburten des Todes war immens, fuhr ihm auch jetzt durch Mark und Bein. Er griff in die Innentasche seines Sakkos, wo nahe dem Herzen das Fläschchen verstaut war.

Auf das Leben, dachte er und spürte genussvoll dem Whisky nach, der in ihm brannte.

Die Gruft der Familie Grühn war dem Lebensanspruch des Großbürgertums im 19. Jahrhundert geschuldet. Kalte Pracht mit dorischen Säulenkapitellen, ernsten Marmorengeln und gemeißelten Inschriften, golden gefasst. Die Patrizier der Gründerzeit hatten im Leben gewetteifert und alles darangesetzt, sich auch noch im Tod zu überbieten. Dennoch war Hartmut Grühns Urgroßvater im Pathos sein legendärer Schalk nicht abhandengekommen: Im Reigen der Trauerputten und Sterbeengel tummelten sich auch zwei Bierbrauer mit einem riesigen Fass. Schon als Kind hatte ihnen Hartmut Grühn immer zugezwinkert, und er hatte diesen Brauch bis heute beibehalten.

Mit prüfendem Blick umrundete er das Mausoleum. Keine Auffälligkeiten. Dann stieg er die Stufen hinauf. Sorgfältig untersuchte er die Tür und das Schloss. Alles schien unversehrt. Er öffnete das Portal mit dem großen alten Schlüssel und betrat die Vorhalle. Stickige Luft und der Moder abgestorbener Blumen. Der zweite, kleine Schlüssel für das schwarze Gitter. Quietschend schwang es auf. An der Wand ein altmodischer Lichtschalter.

Hartmut Grühn betrat die Treppe, die hinab in die eigentliche Gruft führte.

23

Erst war es wie ein Keulenschlag gewesen, dann schien die Welt um ihn herum in Watte versunken. Totenstille, Stillstand, Formlosigkeit. Alles löste sich auf, die Gedanken zerfaserten im Nichts, eine gespenstische Ruhe breitete sich aus. Bis die Welt zurückkehrte, jäh und schmerzhaft.

„Kann ich den Abschiedsbrief sehen?“, fragte Blacky.

Inspektorin Illaun Shaw stand auf.

„Er ist im Wagen“, sagte sie. „Ich hole ihn.“

Sie kehrte mit einer Aktenmappe zurück. Nahm eine Klarsichthülle heraus. Ein Zettel. Legte ihn auf den Tisch.

„Wo haben Sie das gefunden?“

„Mitten auf dem Schreibtisch. Unübersehbar. Eigens hingelegt. Ist das die Handschrift Ihres Freundes?“

Blacky warf einen Blick auf den Zettel. Billiges gelbes Papier. Aus einem Block herausgerissen.

„Keine Ahnung. Er hat mir nie geschrieben. Nur SMS aufs Handy. Außerdem ist das kein Abschiedsbrief.“

„Was ist es dann?“

„Ein Gedicht. Beziehungsweise ein paar Zeilen aus einem Gedicht.“

„Aha. Aber hier ist vom Tod die Rede. Und von Abschied.“

„Ja“, sagte Blacky. „Ich kann diese Zeilen sogar auswendig. *Es wird vielleicht auch noch die Todesstunde uns neuen*

Räumen jung entgegensenden, des Lebens Ruf an uns wird niemals enden … Wohlan denn, Herz, nimm Abschied und gesunde! Das kennt in Deutschland fast jeder. Es ist aus dem Gedicht ‚Stufen' von Hermann Hesse."

„Aber …"

„Und noch etwas: Die beiden letzten Zeilen hier am Schluss – *Und jedem Anfang wohnt ein Zauber inne, der uns beschützt und der uns hilft, zu leben* – die stehen im Gedicht nicht am Ende. Sie sind einfach hinzugefügt worden. Weil es die bekanntesten Zeilen sind."

„Und was bedeutet das dann?"

„Weiß ich nicht", sagte Blacky. „Es ist Lothars Lieblingsgedicht. Er hat oft daraus zitiert. Es ist für ihn so etwas wie die Weisheit des Lebens."

„Könnte es nicht doch –?"

„Nein. Das ist kein Abschiedsbrief. Niemals."

„Und was ist mit den Tabletten?"

„Die sind tatsächlich merkwürdig. Er nimmt ja nicht einmal Aspirin. Ich habe keine Erklärung dafür."

„Okay", sagte die Inspektorin. „Für meine Einschätzung des Falles ändert das alles nichts. Ich gehe weiter von Suizid aus. Und das wird so in meinem Abschlussbericht stehen."

„Haben Sie schon einmal über Mord nachgedacht?", fragte Blacky. „Das wäre ja auch eine Möglichkeit, oder?"

„Hier, in Ballyluffininish? Da gab es noch niemals einen Mord."

„Das Paradies auf Erden?"

„Das nicht, aber …"

„Es heißt, es gäbe hier durchaus alte Geschichten. In denen Sie gern herumstöbern würden."

„Wer hat das gesagt?"

Eine flüchtige Röte überzog das Gesicht von Illaun Shaw. Erstaunliche Reaktion ihrer Polizistenmiene.

„Der alte Seamus."

„Ein Schwätzer. Bloß weil ich die eine oder andere Erkundigung eingezogen habe, als ich meinen Dienst hier begonnen hatte. Ich will natürlich wissen, mit wem ich es zu tun habe."

„Sie müssen sich nicht rechtfertigen."

„Tu ich auch nicht." Nervöser Kleinmädchenton. Sie wirkte regelrecht ertappt. „Und es hat hier seit Menschengedenken keinen Mord gegeben. Außerdem – wo wäre ein Motiv? Ihr Freund hatte keine Feinde."

„Was bemerkenswert ist. Aber vielleicht einen Konkurrenten?"

„Was soll das heißen?"

„Ach, weiter nichts. Es wohnen doch angeblich so viele Künstler hier. Vielleicht auch ein Schriftsteller? Vergessen Sie's ... es war nur so eine Idee."

Blacky spürte, dass sie ihn zum ersten Mal wirklich interessiert ansah, in ihn hineinzuschauen versuchte, seine Gedanken ergründen wollte. Er hatte das Gefühl, ins Schwarze getroffen zu haben.

„Marie hat es Ihnen erzählt, nicht wahr?"

„Was hat sie mir erzählt?"

„Dass mein Mann hier ein Cottage hat. Und manchmal zum Schreiben herkommt."

„Sie hat es erwähnt ... ja."

„Hat sie noch mehr gesagt?"

„Nein, leider nicht", sagte Blacky. „Sie war überaus schweigsam. Hätte sie denn noch mehr erzählen können?"

„Es hat keine Bedeutung", sagte Illaun Shaw hastig. „Sie

sind – wie sagt man in Deutschland? – da völlig auf dem Holzweg. Mein Mann hat mit Ihrem Freund nichts zu tun."

Blacky fand es beachtlich, welche Fehler eine routinierte Polizeibeamtin doch machen konnte. Kerstin Weiß wäre das nicht passiert.

„Aber die beiden kennen sich?", fragte er.

„Ken ist von hier. Für ihn ist Ihr Freund ein Fremder. Er hat ihn kaum wahrgenommen."

„Und Sie?"

„Ich habe ihn nie gesehen. Ehrlich. Ken ist immer alleine hier. Er braucht die Einsamkeit."

Es war das Einzige, was er ihr wirklich glaubte. Und hatte sie schon vorgestern Abend beim Gespräch in ihrem Haus besorgt gewirkt, so war sie jetzt regelrecht beunruhigt. Auch wenn sie es sehr zu verbergen suchte.

24

„Darf ich dich kurz stören?"

Kriminalkommissarin Marion Werner steckte den Kopf durch den Türspalt zu Kerstin Weiß' Büro. Wie immer hatte die Kriminaloberkommissarin auf ihr Klopfen nicht reagiert.

Wahrscheinlich lackiert sie sich die Fingernägel, dachte Marion Werner.

Kerstin Weiß saß hochkonzentriert am Computer. Sie wandte nicht einmal den Kopf.

„Was gibt's?"

„Staatsanwalt Storg hat mich angerufen. Die ersten Ergebnisse von der Rechtsmedizin sind da."

„Hoffentlich sind es die Überreste einer Pharaonentochter, die von einem germanischen Stammesfürsten verschleppt worden ist", murmelte Kerstin Weiß und starrte auf den Bildschirm.

„Wie bitte?"

„Dann wären wir aus dem Schneider. Falls der Germane sie umgebracht hat, ist das Verbrechen verjährt. Und wenn wir ganz viel Glück haben, ist die Pharaonentochter von ganz allein aus einem Museum abgehauen und hat sich an der Schweinfurter Stadtmauer zum Schlafen hingelegt. Dann hätten wir nicht mal einen Täter. Sag einfach, dass es so ist."

„Wie witzig", sagte Marion Werner. „Leider ist es nicht so."

„Sondern?“

„Es ist das Skelett einer Frau, die vor etwa dreißig Jahren gestorben ist. Eine Todesursache ist im Augenblick nicht zu ermitteln. Die Frau dürfte sechzig bis siebzig Jahre alt geworden sein. Herkunft, Rasse, Identität sind völlig ungeklärt. Vermutlich war die Dame zu Lebzeiten ziemlich korpulent.“

„Sieht man das den Knochen an?“

„Indirekt ja. Korpulente Menschen mit viel Weichgewebe verwesen in der Regel vollständig. Leichen von hageren Personen neigen zur Mumifizierung. Wenn sie nicht in der Erde bestattet worden sind.“

„Ach?“ Kerstin Weiß sah überrascht auf.

„Genau. Unser Skelett ist der Überrest einer Leiche, die nicht in einem Erdgrab beigesetzt war. Sie lag die ganze Zeit über in einem relativ kühlen Raum, einem Keller oder so.“

„Interessant. Und da hat jemand seinen Keller entrümpelt, die Knochen gefunden und an der Stadtmauer entsorgt. Verstoß gegen das Abfallbeseitigungsgesetz oder was?“

„Kerstin, du nimmst die Sache überhaupt nicht ernst.“

„Doch. Aber ich setze Prioritäten. Noch was?“

„Ja. Wer auch immer dieses Skelett von einem Keller zur Stadtmauer transportiert und dort auf dem Rasen drapiert hat, muss nach Ansicht des Pathologen hervorragende anatomische Kenntnisse haben. Es sei nämlich eine äußerst anspruchsvolle Aufgabe, ein Skelett wieder fachgerecht zusammenzusetzen. Und in diesem Fall ist dabei so gut wie kein Fehler gemacht worden.“

„Bemerkenswertes Detail. Was ist mit dem Schmuck?“

„Da gibt es Probleme. Es sind Semesterferien. An den entsprechenden Lehrstühlen für Archäologie und Vor- und Frühgeschichte ist keiner da.“

„Und wenn das nur Modeschmuck ist?"

„Die Sandra meint –"

„Marion!"

„Na ja, es war nur ein kurzer Blick, den sie daraufgeworfen hat. Sie sagt, es sei wahrscheinlich ein Mischmasch von allem Möglichen. Wir werden jetzt einen fachkundigen Juwelier suchen müssen, der uns da weiterhilft."

„Na gut. Wo steckt Urban?"

„Er versucht Paul Neumann ausfindig zu machen."

„Was heißt: ausfindig zu machen?"

„Er scheint wie vom Erdboden verschwunden zu sein", sagte Marion Werner. „Sein Bodyguard ist schon in heller Aufregung, sagt Urban."

„Abgehauen?"

„Schon möglich. Er hat ein Haus auf Sylt. Urban lässt das gerade überprüfen."

„Okay, sagt Bescheid, wenn sich etwas ergibt. Ich muss mich wieder um den Orient kümmern."

„Kommst du voran?"

„Nein", sagte Kerstin Weiß. „Leider nicht. Dieser Doppelmord bleibt ein Rätsel."

*

Hier ruhten seine Vorfahren. Sie hatten ihn nie gekümmert. Hartmut Grühn war immer ein Mann des Lebens, der Gegenwart und der Zukunft gewesen. Bis zu dem Augenblick, als er den kleinen Martin tot in seinen Armen gehalten hatte.

Es war ein Versehen gewesen, eine tragische Verstrickung der Umstände, der Braumeister hatte das Mannloch eines Kessels nicht richtig verschlossen, der Elfjährige war herumgeklettert, hatte sich durch die Öffnung gezwängt, im leeren Kessel war noch Kohlendioxid gewesen. Ein Unfall, wie er in Brauereien manchmal vorkommt.

Seit diesem Augenblick hatte es für Hartmut Grühn keine Zukunft mehr gegeben, und die Vergangenheit war sein Zufluchtsort geworden. In der Gegenwart hatte er sich zu einem unerträglichen Arschloch entwickelt, cholerisch, hinterfotzig, machtbesessen. Er wusste das selbst am besten, aber es war ihm herzlich egal.

Seit vielen Jahren war er nicht mehr hier unten gewesen. Aber er sah sofort, dass alles so war, wie er es in Erinnerung hatte. An drei Wänden die Zinksärge der Generationen vor ihm. Vor der vierten Wand der einzelne kleine Sarg. Hier würde auch er bald liegen. Er und seine Frau. Dann würde sich die Gruft für immer schließen. Das Ende einer Familie. Das Ende einer Epoche.

Hartmut Grühn ging vor dem Sarg seines Sohnes in die Knie. Er betastete den Deckel und überprüfte sorgfältig die Vernietungen. Er fand nichts, was ihn beunruhigt hätte. Die Vermutung, die ihn gequält hatte, war nur ein düsteres Hirngespinst gewesen.

Die Totenruhe Martins war nicht gestört worden.

Mit einem letzten Blick nahm er Abschied. Als er die Treppe hinaufstieg, fühlte er, wie er dem Leben entgegenging. Heute Abend würde er aus alter Gewohnheit eine andere Treppe hinabsteigen. In einem der Keller unter der Brauerei hatte er vor Jahren Martins Modelleisenbahn aufgebaut. Das war seit langem der Ort seiner Trauer und würde es in Zukunft auch bleiben.

*

Olaf Röder kam wie immer spät aus der Mittagspause zurück. Wie immer hatte der Redaktionsleiter von Main-Radio Schweinfurt mit einer wichtigen Persönlichkeit der Stadt bei einem Italiener gespeist und sich mit ihr ergiebig über Entwicklungen, Perspektiven und Hintergründe ausgetauscht. Kurz: Es wurde geratscht, getratscht und intrigiert. Obwohl das weite Feld der Kultur nicht zu Olaf Röders Tummelplatz gehörte, hatte er sich heute mit dem Mann aus der Verwaltung getroffen, der maßgeblich zum Sturz von Krimhild Notleid beigetragen hatte. Beide waren sich einig in ihrer Abneigung gegen die Herrin über Spitzwegs scheinbare Idyllen. Unter Männern und bei Rotwein ließ es sich prächtig darüber lästern.

Als er die Redaktion betrat, eilte Patricia ihm entgegen.

„Zwei Dinge", sagte sie. „Erstens wartet die neue Praktikantin schon seit zwei Stunden. Sie hatte um zwei Uhr einen Vorstellungstermin, jetzt ist es vier."

„Oh ja, stimmt", sagte Olaf Röder. „Wie heißt sie noch mal?"

„Valeria. Und zweitens ist Sören bislang nicht zurück."

„Ah ja. Und wo ist er?"

„Er hatte doch Audienz in der Brauerei Grühn. Danach wollte er Mittag machen. Seitdem ist er verschwunden. Hat sich nicht gemeldet. Auf dem Handy ist er nicht erreichbar."

„Unzuverlässiger Fischkopf", sagte Olaf Röder.

„Das stimmt nicht", widersprach Patricia. Sie war außer Blacky die Einzige bei Main-Radio, die Olaf Röder widersprechen durfte. „Sören ist absolut zuverlässig. Er hat noch nie gefehlt und noch nie getrödelt. Deshalb bin ich ziemlich verwundert."

„Vielleicht hat ihn Hartmut Grühn etwas zu sehr zur Minna gemacht. Und das Sensibelchen schmollt jetzt.“

„Kann sein“, sagte Patricia. „Er wird schon wieder auftauchen.“

„Wird er“, sagte Olaf Röder. „Dann geh ich mich mal um Valeria kümmern.“

25

Leyla war wunderschön. Und eine perfekte Schauspielerin. Da ihr Bruder, ein finsterer Bursche, an ihrer Seite war, gab sie die Unterwürfige, die kein Wässerchen trüben konnte.

„Ich muss mit deiner Schwester allein arbeiten“, sagte Murat Demir.

„Geht nicht“, erwiderte der Bruder.

„Und ob das geht. Du störst. Wenn du hier rumhängst, wird das nichts.“

„Ich hab meine Anweisungen.“

„Gar nichts hast du. Es ist alles mit deinem Onkel abgesprochen. Verzieh dich und geh 'nen Kaffee trinken. Ich brauch mindestens eine Stunde.“

Leylas Bruder machte eine obszöne Geste mit der Hand und trollte sich. Als er das Studio verlassen hatte, änderte sie die Rolle sofort.

„Echt der Hammer“, sagte sie und schaute sich um. „Du kannst mich wirklich groß rausbringen?“

„Klar“, sagte Murat Demir. „Hängt aber natürlich auch viel von dir ab.“

Für ihn war Leylas Verwandlung keine Überraschung, im Gegenteil. Er kannte die Doppelgesichtigkeit vieler Mädchen aus ihrer Kultur zur Genüge. Innerhalb der Familie unterwarfen sie sich der Tradition, weil es bequemer war. Auflehnung gegen die überkommenen Strukturen bedeutete

Stress, Ärger und Repressalien. Dem gingen sie aus dem Weg. Sobald sie sich außer Reichweite der Familie, vor allem ihrer Brüder, befanden, waren sie ziemlich normale junge Frauen, in Deutschland geboren und aufgewachsen, konsumorientiert, flippig, zickig und verwöhnt. Natürlich gab es auch die anderen, verbissen, verkniffen oder strenggläubig, mit oder ohne Kopftuch. Die Welt der muslimischen Frauen war bunter, vielfältiger und spannungsreicher, als es die ignorante Gesellschaft gemeinhin annahm. Murat Demir hatte sofort gesehen, wie Leyla tickte, aber er wusste auch, wo die Grenzen sein würden.

Trotzdem hatte er die ästhetischen Aktfotos, für die er in Schweinfurt bekannt war, an seiner Show-Wand hängen lassen. Leyla stellte sich davor und sah sie an.

„So was mach ich aber nicht“, sagte sie.

„Natürlich nicht. Ist auch gar nicht gefragt. Selbst in Dubai gibt's noch Grenzen.“

„Und ich kann echt Kohle verdienen?“

„Wenn's klappt, ja. Wollen wir anfangen?“

Sie war ein Naturtalent. Das war ihm vom ersten Shot an klar. Keinerlei Fremdeln mit der Kamera, keine verkrampfte Haltung, keine gewollte Pose. Es lief einfach so. Und es war ewig schade, dass alles nur ein Fake sein würde. Murat Demir verwünschte sein Schicksal. Da hatten ihm die Umstände einmal ein kleines Wunder vor die Linse gezaubert, und er würde das Potential nicht nutzen können. Nach dem, was sein Bruder vorhatte, konnte er Leyla nie wiedersehen.

Mit der üblichen Professionalität spulte er das normale Programm ab. Das Spiel mit den Haaren, den Augen, den Lippen. Dann die Metamorphosen des Körpers. Die Andeutung, die Verheißung, die Verweigerung. Zurückgenommene Kühle und gebremste Sinnlichkeit. Wie immer: etwas zu wenig anstatt etwas zu viel. Die Phantasie des Betrachters wollte das. Der Reiz lag stets in dem, was nicht zu sehen war.

Aber bei diesen Bildern würde es natürlich etwas zu sehen geben. Den Männern aus Aserbaidschan sollten die Augen übergehen. Ein paar Stunden am Computer, und schon war eine Leyla geboren, die alles zeigte, was sie hatte.

Er hatte in seinem Leben viele schöne Frauen fotografiert, und er konnte es trennen: den kühlen Blick und das nicht so kühle Gefühl. Was nicht hieß, dass nach einem erfolgreichen Shooting die Dinge nicht ihren Lauf nehmen konnten. Wenn Frauen zum ersten Mal sahen, was ein guter Fotograf aus ihnen machen konnte, entwickelten manche von ihnen eine kaum zu bremsende Dankbarkeit. Murat Demir hatte sich der nie verweigert. Aber nicht heute. Nicht bei Leyla, der Perle des Ucar-Clans.

Es genügte vollauf, dass ein anderer so saublöd gewesen war.

26

Blacky fand es durchaus amüsant, eine irische Polizistin aus dem Konzept gebracht zu haben. Auch wenn es ihm kein Stück weiterhalf.

Alles blieb vage Vermutung, und er musste sich wohl oder übel eingestehen, dass er mit seinem Latein am Ende war. Fragen über Fragen. Und Antworten zu finden schien ihm genauso unmöglich, wie die gälischen Ortsnamen auszusprechen, die ihm auf dem Weg hierher begegnet waren.

Als Inspektorin Illaun Shaw gegangen war, sah er hinaus aufs Meer. Der weite Horizont versprach Unendlichkeit. *Es wird vielleicht auch noch die Todesstunde uns neuen Räumen jung entgegensenden …* Sie hatte den gelben Notizzettel wieder mitgenommen. Angebliches Beweisstück. Aber es war nur ein Notizzettel. Mehr nicht.

Was blieb noch zu tun? Die Zahnbürste wieder einpacken und nach Hause fahren? Eine Möglichkeit. Doch warum eigentlich? Er hatte Urlaub. Hier gab es frische Luft. Der Himmel war bewölkt, aber es war trocken. Lothar würde an einem solchen Tag vielleicht Golf spielen gehen. Davon hatte er keinen blassen Dunst. Wäre Kerstin Weiß hier, hätte sie längst die Joggingschuhe an. Die hatte er nicht mitgenommen. Aber ein gemächlicher Spaziergang am Strand entlang?

In Schweinfurt ging er nie spazieren. Doch da gab es ja

auch keinen Strand. Warum also kein gemächlicher Spaziergang am Strand entlang?

Er holte sich seine Windjacke und zog los. Eigentlich ein Traum. Von der Terrasse den kleinen Hügel hinab über die flachen Dünen direkt dahin, wo die Brandung heranschäumte. Wenn er sich nach links wandte, würde er auf den Pfad hoch zur Todesklippe stoßen. Rechts lagen die anderen Cottages. Zur Klippe zog ihn nichts. Er ging nach rechts.

Sand, Steine, Muscheln. Nach ein paar hundert Metern kam das Zebracottage der Künstlerin mit dem bunten Steinkreis in Sicht. Auch von dort gab es einen unmittelbaren Zugang zum Strand. Blacky blieb stehen. Was suchten und fanden die Leute eigentlich, die sich hier niedergelassen hatten? Ruhe? Abgeschiedenheit? Inspiration?

Mit Sicherheit jedenfalls ein anderes Leben, als er es in Schweinfurt führte. Er stand morgens um halb vier auf, kochte todmüde Kaffee, fuhr mit dem Auto durch eine noch schlafende Stadt, setzte sich hinter ein Mikrofon. Dann unterhielt er stundenlang Menschen, die er nicht kannte, mit seichter Musik und coolen Sprüchen. Redaktionskonferenz über weltbewegend nichtige Themen, jeder gab seinen Senf dazu, Olaf Röder fehlte meist. Mittags schon Feierabend, der Rest des Tages gepflegter Schlendrian: ein bisschen shoppen, Cappuccinoplausch mit Joe bei *Viva Porcellino;* an den kurzen Abenden saß er oft in seinem Penthouse hoch über der Stadt, improvisierte auf der Gitarre, sah über die Dächer hinweg in die begrenzte Weite. In solchen Augenblicken träumte er von Paris, London oder New York. Von einer Welt jenseits von Schweinfurt und dem kleinen Radiosender. Einer Welt der ganz anderen Möglichkeiten. An Irland hatte er dabei noch nie gedacht.

Ihm war völlig klar, warum. Hier könnte er nicht leben. Zu abgelegen, zu einsam, zu fern der Welt. Er erinnerte sich, dass ihm Lothar einmal ein Gedicht des Schweinfurter Dichters Friedrich Rückert vorgelesen hatte. Nur die erste Zeile wusste er noch: *Ich bin der Welt abhanden gekommen* … Wahrscheinlich waren alle, die hier lebten, der Welt abhanden gekommen, die Einheimischen und die Fremden – aus welchen Gründen auch immer.

Plötzlich war der schwarze Hund neben ihm, tollte herum und wedelte mit dem Schwanz. Auf neutralem Gebiet am Strand schien er Kläffen und Knurren für unnötig zu halten.

„Chopin!"

Bei diesem Wort war der Klang ihrer Stimme natürlich zutiefst französisch. Sie kam auf ihn zu, trug heute Jeans und einen knallroten Pullover.

„Netter Name für einen Hund", sagte Blacky.

„Als er sehr klein war, hat er mich an eines der Préludes von Chopin erinnert", antwortete sie. „Komische Assoziation, ich weiß."

„Originell."

Sie zögerte, sah zu Boden und schien über einen Entschluss nachzudenken.

„Ich bin Marie", sagte sie dann. „Kein besonders origineller Name."

„Christian", erwiderte Blacky. „Ein sehr gewöhnlicher Name."

„Was sind schon Namen? Irgendeine seltsame Idee der Eltern, die man das ganze Leben nicht mehr los wird. Man müsste sich später selber einen Namen geben. Dann, wenn man sich wirklich kennt."

„Welchen Namen würdest du jetzt wählen?“

„Ich weiß nicht“, sagte sie. „Ich kenne mich nicht wirklich. Und vielleicht dauert es auch noch ziemlich lange, bis es so weit ist. Und bei dir?“

„Gute Frage. Ich habe gerade über mich nachgedacht. Und über diese Landschaft hier. Über ihre Einsamkeit. Ich habe mich gefragt, ob ich hier leben könnte.“

„Und? Könntest du das?“

„Ich ... ich glaube nicht. Da müsste ich mein ganzes Leben auf den Kopf stellen. Völlig neu anfangen.“

„Und jedem Anfang wohnt ein Zauber inne“, sagte sie auf Deutsch.

„Wie bitte?“

„Ein Gedicht von Hermann Hesse. Kennst du es nicht?“

„Doch, klar. Sprichst du deutsch?“

„Auch, ja. Nicht so gut. Aber es geht. Dein Freund wollte mir dieses Gedicht aufschreiben. Dann hat er es sich anders überlegt.“

„Hat er nicht“, sagte Blacky. „Also hast du ihn doch gekannt?“

„Nur ein bisschen. Wir haben uns ein paarmal getroffen. Sind am Strand spazieren gegangen. Neulich haben wir eine Flasche Wein zusammen getrunken. Ich hatte ... na ja, Liebeskummer ... und brauchte jemand zum Reden. Ich dachte ... ein Schriftsteller ... ach, das ist alles ziemlich kompliziert.“

„Okay.“

Wind war aufgekommen, fuhr durch ihre Haare. Sie zog den roten Pullover enger um sich.

„Lust auf einen Pastis?“, fragte sie.

„Ja, warum nicht?“

„Dann komm."

Marie pfiff nach dem Hund, laut und schrill, das klang nicht nach der Musik Chopins. Vom Strand zu ihrem Cottage waren es nur wenige Minuten, doch das Wetter schlug wieder Kapriolen, wie aus dem Nichts fegte ein kleiner Wolkenbruch über sie hinweg. Klitschnass erreichten sie die Terrasse, die Tür zum Haus stand weit offen.

„Komm rein", sagte sie.

Der Hund rannte vor ihnen ins Haus, schüttelte sich, die Wassertropfen flogen durch den ganzen Raum.

„Da bekommt das Regentropfen-Prélude von Chopin eine ganz neue Bedeutung", meinte Blacky.

Sie lachte laut auf.

„Du hast ja Esprit", sagte sie. „Was machst du eigentlich so?"

„Ich bin Radiomoderator. Also die Stimme ohne Gesicht."

„Und anscheinend Experte für gute Pointen."

Blacky hatte sich angewöhnt, solchen Einschätzungen nicht grundsätzlich zu widersprechen. Vor allem nicht, wenn sie von einer aparten Frau kamen.

„Ich geh mir mal die Haare frottieren", sagte Marie. „Hast du ja nicht nötig."

Schelmisches Grinsen, das ihn etwas unruhig werden ließ. Sie verschwand Richtung Bad, Chopin folgte ihr.

Er sah sich um. Das Cottage war spartanisch eingerichtet, die Französin schien der minimalistischen Lebensanschauung zu huldigen. Am Fenster stand auf einer Staffelei ein großer Zeichenblock. Mit Kohlestift war der flüchtige Entwurf eines Porträts skizziert, und das markante Gesicht war hervorragend getroffen.

„Aber das ist doch –", sagte Blacky. „Mister Shaw."

„Du kennst ihn?"

Marie war zurückgekommen und rubbelte mit einem Handtuch ihre Haare. Chopin verzog sich unter den Tisch.

„Ich habe ihn vorgestern in Killybegs kennengelernt."

„Ach so? War er noch da? Er wollte doch verreisen. Na ja, Ken ändert seine Pläne stündlich. Alle seine Pläne."

Sarkasmus pur. Oh, da ist jemand verletzt, dachte Blacky.

„Ist er wirklich ein so bekannter Autor? Ich habe von ihm noch nie gehört."

„In Irland ist er Kult. Er hat eine Krimiserie über einen Privatdetektiv in Sligo geschrieben. Jack Black, ein heruntergekommener Kerl, der eigentlich doof ist und immer in bescheuerte Fälle hineinstolpert. Am Ende ist er natürlich klüger als die Garda."

„So was soll's geben", sagte Blacky.

„Also, jetzt 'nen Pastis?"

„Klar."

Nonchalant zelebrierte sie das kleine Ritual für einen perfekten Pastis, holte eiskaltes Wasser aus dem Kühlschrank und gab noch Eiswürfel dazu.

„À votre santé!"

Sie prostete ihm zu, trank und schnalzte genießerisch mit der Zunge.

„Ich glaube, es ist etwas schiefgelaufen", sagte sie unvermittelt.

„Pardon?"

„Lothar … dein Freund, wir haben, wie gesagt, etwas zusammen getrunken, und da hat er von einem Kriminalroman gesprochen, an dem er schreibt. Er sagte, es sei eine wahre Geschichte … aus seiner Heimatstadt …"

„Schweinfurt?"

„Ja. Eine Geschichte, die schon ziemlich lange zurückliegt und die er zufällig hier in Irland gehört hat. Eine ziemlich wilde Geschichte. Jedenfalls, ich habe das dann Ken Shaw erzählt, und da ist er furchtbar ausgerastet."

„Wieso denn?"

„Einmal wegen dieser Geschichte und dann auch noch, weil ich mich mit deinem Freund getroffen habe. Ken ist pathologisch eifersüchtig."

„Ich verstehe gerade gar nichts", sagte Blacky.

„Na ja, ich habe ... ich hatte ... ich weiß auch nicht ... eine Liaison mit Ken, und ..."

„Aber er ist doch verheiratet. Ich meine ... okay ... dummer Einwand."

Marie lachte schallend.

„Genau. Wenn's danach ginge ... Ken Shaw sieht sich ganz in der Tradition irischer Dichter wie James Joyce und William Butler Yeats. Als notorischen Weiberheld und Saufbold. Er ist umwerfend charmant, umwerfend klug und absolut rücksichtslos. Das mit der Eifersucht war eine seiner Unverschämtheiten, weil er mich schon vorher mehr oder weniger fallengelassen hatte. Denn er hatte ja urplötzlich seine alte Liebe zu Eileen wiederentdeckt."

„Eileen? Ist das diese Künstlerin mit den bunten Steinen?"

„Ja, die alte Schreckschraube. Die beiden hatten früher schon mal was miteinander, und Ken faselte plötzlich irgendeinen Mist von einer neuen inneren Verbindung. Eileen spinnt ja völlig, und Ken hat auch immer so mystische Anwandlungen."

„Hier geht's ja echt rund. Und Illaun, seine Frau?"

„Ach, keine Ahnung. Die taucht hier so gut wie nie auf. Sie war lange in Dublin als Ausbilderin an der Polizeischule und kam erst vor einiger Zeit zurück. Am Anfang hat sie ein bisschen rumgeschnüffelt, und als sie den Braten gerochen hat, hat sie sich in Killybegs verschanzt."

„Ja", sagte Blacky, „so ist nun mal die Welt. Aber warum meinst du, dass etwas schiefgelaufen ist?"

„Ken hatte eine fürchterliche Wut auf Lothar. Ich habe nicht begriffen, warum. Etwas hat ihn schrecklich erregt. Und deshalb glaube ich … also ich weiß, es ist ein fürchterlicher Verdacht …"

„Dass Ken Shaw ihn von der Klippe gestoßen hat?"

„Ja. Er ist zu allem fähig. Und er hat immer gesagt, die Todesklippe entzünde seine Phantasie in ganz besonderem Maße."

„Um ehrlich zu sein, habe ich auch schon daran gedacht", sagte Blacky. „Obwohl ich von dieser ganzen Geschichte nichts gewusst habe. Aber Ken Shaw ist mir sehr seltsam vorgekommen."

„Und jetzt?", fragte Marie. „Was machen wir jetzt?"

„Wenn du diese Geschichte der Polizei erzählst, wird der große Kriminalschriftsteller ein paar Probleme bekommen, denke ich."

„Das meinte ich nicht", sagte Marie. „Ich meinte, was machen wir beide jetzt?"

Chopin kam unter dem Tisch hervor. Er knurrte. Dann begann er zu kläffen.

Jemand hatte an die Haustür geklopft.

27

„Der Hammer!"

Joe, Schweinfurts Edelbarista und Inhaber der Kaffeebar *Viva Porcellino* in der Judengasse, hatte dieses Wort nur geflüstert. Wegen der Hitze trug er ein sehr knapp sitzendes T-Shirt, das seine Tätowierungen prachtvoll zur Geltung kommen ließ. Es war später Nachmittag und die Zahl der Gäste überschaubar. Der Baggersee, das Sommerbad und die Eiscafés machten deutlich Konkurrenz. Aber da auch wenige Gäste Ohren haben, flüsterte der Barista weiter.

„Ich mein', dass das der Wladi mit'm Motorrad war, is ja klar wie Klößbrüh'. Trotzdem erschließt sich mir sozusagen der Sinn überhaupt net."

„Voodoo", sagte Ewald Collin, Mitinhaber der Buchhandlung *Kakadu*. „In krasser Form. Keine Hühnerknochen und keine Strohpüppchen. Ein menschliches Skelett. Voodoozauber gegen eine Seniorenresidenz. Echt krass. Typisch Newman."

„Nie im Leben." Luc, der Inhaber des Antiquariates schräg gegenüber, schüttelte den Kopf. „Ich glaube, es ist umgekehrt. Es war eine Warnung an Newman. Wenn du diesen Turm baust und das Grundstück nicht verkaufst, wirst du so enden."

„Also die Mafia", raunte Joe.

„Ich weiß nicht, ob man Hartmut Grühn und Konsorten schon als Mafia bezeichnen kann“, sagte Luc.

„Ach komm.“ Der Barista fügte seiner Verschwörermiene eine ominöse Nuance hinzu. „Der Grühn und die anderen sind doch auch nur Strohmänner. Dahinter stecken die Aserbaidschaner.“

„Du und deine Aserbaidschaner. Das wird bei dir allmählich zur fixen Idee.“

„Ich weiß, was ich weiß. Die Zeiten ham sich geändert. Es is nimmer wie früher, wo die Italiener ä bissle Schutzgeld kassiert ham. Da sind jetzt ganz andere Kaliber am Werk.“

„Ach Quatsch!“ Der Antiquar schüttelte schon wieder den Kopf. „Als ob die Russen, die Aserbaidschaner, die Tschetschenen oder die Usbeken Seniorenresidenzen bauen wollten.“

„Na ja“, sagte Ewald Collin. „Das ist doch ein Geschäft der Zukunft. Die Chinesen sind angeblich schon eifrig mit dabei. Yin und Yang, Qi Gong und Tai Ch’i kommen bei den Alten mächtig gut an.“

„Ich lach mich verreckt.“ Joes absoluter Lieblingsspruch. „Ihr seid ja so naiv. Die Ucars machen ä ganz anderes Business. In Wahrheit wollen die da so ’n richtigen Edelpuff hochziehen. Mit allen Schikanen.“

„Mitten in Schweinfurt? Du spinnst ja.“ Luc mimte den Entrüsteten. „Das wird nie und nimmer genehmigt.“

„Alles nur ’ne Frage vom Zaster. Und wenn die Stadträte freien Eintritt haben …“

Grinsen, Feixen, leises Lachen. Gute Freunde unter sich.

„Ich geb ’nen Aperol aus“, sagte Joe.

„Eigentlich zu heiß dafür“, meinte Ewald Collin.

„Is ja bald Feierabend“, sagte Luc.

Joes Spezialmischung war wie immer perfekt bitter und perfekt alkoholreich.

„Ja, passt", sagte er selbst nach dem ersten Schluck.

Schweigen bedeutet in Schweinfurt Zustimmung. Oder das Gegenteil. Man weiß es nie genau.

Wie immer brach Joe das Schweigen zuerst.

„Mensch, war'n wir blöd damals", sagte er.

„Stimmt." Luc nickte.

„Wir hatten alles in der Hand. Und hams vergeigt."

„Wir waren Freunde", sagte Ewald Collin. „Wer hätte es gedacht?"

„Wir hätten's wissen müssen. Newman war immer unberechenbar."

„Und Geld verdirbt den Charakter."

„Stimmt. Hätte er die Erbschaft nicht gemacht, wär's anders gelaufen."

„Wahrscheinlich schon."

„Vielleicht."

Schweigen bedeutet in Schweinfurt eigentlich nicht Sprachlosigkeit. Sondern das untrügliche Gefühl dafür, dass im Prinzip alles gesagt ist.

„Eigentlich hat doch alles gepasst", brach Joe das Schweigen. „Die Idee war genial. Und der Zeitpunkt genau richtig. Und wir war'n ä Dreamteam."

„Wir waren Traumtänzer", sagte Ewald Collin. „Idealisten. Und Amateure."

„Ja", sagte Joe. „Weil ihr zwei die Verträge nicht gelesen habt. Ihr seid doch die, die lesen können. Ich bin bloß Wirt."

„Gastronomiefachmann", spottete Luc. „Hast du damals mächtig mit angegeben."

„Wir war'n alle drei Deppen", sagte Joe.

Schweigen bedeutet in Schweinfurt auch, sich der eigenen Unzulänglichkeit voll bewusst zu sein.

„Wenn man sich's noch mal vergegenwärtigt", begann Joe, „dann könnt man heulen. Da is 'ne Zeit, wo die Deutschen als einzige Whiskysorte nur Jim Beam kennen. Nix anderes. Und plötzlich wird besser essen und besser trinken modern. Die ersten mach'n 'n Reibach mit Rotwein aus Frankreich. Andere mit Grappa aus Italien. Und Newman hat exzellente private und geschäftliche Beziehungen nach Schottland. Eileen, die Whiskyprinzessin von den Hebriden. Plötzlich sind die Single Malts von Islay erst ein Geheimtipp und dann der Renner. Lagavulin. Laphraoig. Und Newman sitzt an der Quelle. Eileens Familie besitzt zwei große Brennereien. Ein Riesengeschäft. Und vier Freunde. Newman liefert den Whisky. Joe kommt aus der Gastronomie und vertickt die edlen Tropfen. Ewald und Luc schreiben das erste deutsche Buch über die Welt des schottischen Whiskys. Dann kommt noch Kunigunde dazu, Expertin für keltische Sprachen. Sie hat Ideen für den ganzen Nimbus außenrum, schottische Folklore und so weiter. Alles perfekt. Über Schweinfurt kommt der ganze feine Whisky nach Deutschland. Der Rubel rollt."

„Unser Rubel", sagte Ewald. „Denn Newman ist ja eigentlich pleite. Kontrolliert aber die Quelle."

„Und plötzlich verschwindet seine Mutter spurlos", sagte Luc. „Die millionenschwere Babette. Schweinfurter Fahrradindustrie. Newman als Hippie und Gammler war vom Familienvermögen bis dahin abgeschnitten. Der alte Drachen saß drauf wie Fafner auf dem Nibelungenhort. Jetzt ist er stinkreich."

Alle drei schwiegen.

Schweigen bedeutet in Schweinfurt auch Versinken in der Erinnerung. Meistens ein sentimentales Versinken.

„Dann ging's rund", erinnerte sich Joe. „Erst greift er seinen Onkel Hartmut an. Bringt die Brauerei Grühn ganz schön in die Bredouille und fast an den Abgrund. Überschwemmt den Schweinfurter Biermarkt mit Guinness und Kilkenny. Alle finden's geil, bis sie merken, dass Guinness doch arg bitter ist. Glück für den alten Grühn. Dann sind wir an der Reihe."

„Die Scheißverträge", sagte Ewald Collin. „Diese hinterlistigen Klauseln."

„Ihr hättet sie lesen sollen."

„Ich kann Gedichte lesen", sagte Luc. „Und Romane. Aber keine Verträge. Außerdem, wer hätte denn vorher gedacht, dass der zu Geld kommt und damit still und heimlich alle Anteile kaufen kann?"

„Scheiß drauf." Joe verschränkte die tätowierten Arme vor seiner Brust. „Vorbei ist vorbei. Wir leben noch."

„Arm und erbärmlich", sagte Luc.

„Gerade so", fügte Ewald Collin an.

„Wie geht es eigentlich Kunigunde?", fragte Joe. „Sie lässt sich hier nie sehen."

„Gut. Sehr gut."

Schweigen.

Schweigen bedeutet in Schweinfurt manchmal auch, die Vergangenheit ruhen zu lassen.

„Schon allein wegen ihr hätte er eigentlich in diesem Leben noch 'ne Abreibung verdient."

Joe sah seine zwei Freunde an.

„Er hätte überhaupt seit langem mal 'ne Abreibung verdient. Ein kleines Späßchen, das er nie mehr vergisst. Was meint ihr?"

Schweigen bedeutet auch in Schweinfurt Zustimmung.

28

„Wer ist das denn?“, fragte Blacky. Er konnte Störungen in solchen Augenblicken nicht leiden.

Chopin kläffte weiter.

„Keine Ahnung“, sagte Marie. „Es kommt eigentlich nie jemand vorbei.“

Sie ging zur Haustür und öffnete.

Wie eine nordische Schicksalsgöttin stand Misses Molly mit ihrem wallenden roten Haar da. Ihr Gesicht hatte einen alarmierenden Ausdruck von Dringlichkeit und Wichtigkeit.

„Meine Liebe“, sagte sie. „Ich muss Blacky sprechen.“

„Blacky?“

Misses Molly hielt sich nicht mit weiteren Erläuterungen auf, betrat die Diele, missachtete Chopins warnendes Knurren und ging geradewegs in den Wohnraum.

„Da ist er ja“, sagte sie. „Das ganze Dorf redet schon davon.“

Sie stellte sich vor ihn hin, holte tief Luft und sprach in einem Tonfall, als hätte sie eine Ballade auswendiggelernt.

„Passen Sie gut auf, widersprechen Sie nicht und stellen Sie keine Fragen. Ich habe eine Nachricht für Sie. Es geht um Leben oder Tod. Sie müssen sofort nach Schweinfurt zurück. Morgen früh um sieben startet Ihre Maschine. Am Airport in Dublin liegt ein Ticket für Sie bereit. Für die Nacht ist in einem Hotel bereits ein Zimmer reserviert. Ich habe alles organisiert. Am besten fahren Sie gleich los, der Weg ist ja ziemlich weit."

„Ah ja", sagte Blacky. „Sonst noch was?"

„Nein. Das wäre im Augenblick alles."

„Okay. Aber im nächsten Augenblick sagen Sie mir schon noch mehr, oder?"

„Ich habe erwähnt, dass Sie keine Fragen stellen sollen."

„Misses Molly, ich weiß schon: Don't stay here. Das scheint bei Ihnen ein wenig zur fixen Idee geworden zu sein. Ich möchte aber gern noch bleiben. Es beginnt gerade, mir hier zu gefallen."

Er lächelte Marie verschwörerisch zu. Sie sah sehr ernst aus.

„Gut", sagte Misses Molly. „Das habe ich natürlich befürchtet. Noch einmal: Es geht um Leben oder Tod."

„Schon verstanden", erwiderte Blacky. „Und wenn Sie mir jetzt noch sagen, von wem die Nachricht stammt, dann helfen Sie mir weiter. Vielleicht wird mich derjenige ja auch die Todesklippe runterstoßen, wenn ich hierbleibe."

Die Worte schienen keinen Eindruck auf sie zu machen.

„Nein, Sie verstehen es falsch", sagte sie. „Tut mir leid, ich habe mich wohl unklar ausgedrückt. Niemand will Ihnen hier etwas tun."

„Und warum will dann jemand, dass ich sofort verschwinde?"

„Weil er sie in Schweinfurt braucht."

„Wie bitte? Wer braucht mich in Schweinfurt?"

„Das können Sie sich doch denken, oder?"

29

Am Nachmittag rief Hartmut Grühn seine Frau an und sagte ihr, dass es heute Abend spät werden würde. Wie immer stellte sie keine einzige Frage dazu. Sie hatte es sich in vierzig Ehejahren abgewöhnt, Fragen zu stellen. Was nicht hieß, dass sie sich von ihrem Mann auch nur das Geringste bieten ließ. Wer aus einer Schweinfurter Industriellenfamilie wie der ihren stammte, war einem Hartmut Grühn gewachsen. Auch seinen Lügen.

Irgendwann einmal hatte er sie gefragt, warum sie denn eigentlich nie etwas wissen wolle.

„Aus zwei Gründen", hatte Erika Grühn geantwortet. „Weil ich keine Lügen hören will. Und weil du nicht zu lügen brauchst, wenn ich keine Fragen stelle. So ist es einfacher für uns beide."

Hartmut Grühn erledigte die wichtigsten Tagesgeschäfte, dann ging er zum Safe und nahm ein Konvolut von Akten heraus, das er seit langem dort aufbewahrte. Er legte es auf den Schreibtisch und begann darin zu blättern.

Auch das war eine Reise in die Vergangenheit. Eine unerfreuliche und ärgerliche Reise mit Erinnerungen, die ihn auch jetzt noch wütend machten. Alle diese Akten, die er in vielen Jahren zusammengetragen hatte, betrafen nur einen Menschen: Paul Neumann.

Man kann sich seine Verwandtschaft nicht aussuchen;

und eine Last, die ihm seine Ehe aufgebürdet hatte, war die Schwägerschaft zu Babette Neumann und damit die Verbindung zu ihrem Sohn Paul. Schon allein, dass er der Schwager des Drachen Babette sein musste, war eigentlich Unglück genug. Dass ihn aber auch noch ein so verkommenes Subjekt wie Paul „Onkel" nannte, das schlug jedem Bierfass den Boden aus. Eine der dümmsten Nachgiebigkeiten seines Lebens war, dem jungen Hippie eine Lehrstelle in der Brauerei gegeben zu haben. Gott sei Dank ging das nur ein paar Monate gut, dann haute Newman nach München ab. Später gingen sie sich aus dem Weg, so gut wie das in Schweinfurt eben möglich war.

Er suchte und fand das alte Plakat, das die vermisste Babette Neumann zeigte.

Was war das für ein Skandal damals. Mit ihrem roten Jaguar war die fette Henne von einem Tag zum andern verschwunden. Erst hieß es noch, sie sei auf Sylt gesichtet worden, dann verlor sich ihre Spur. Es ging das Gerücht, sie habe sich in die Karibik abgesetzt, weil sie ein Faible für Voodoo hatte und vorher schon mehrfach auf Haiti Urlaub gemacht hatte. Geklärt wurde nie etwas.

Newman tröstete sich mit Eileen, der durchgeknallten Archäologin aus Schottland. Sie war bei den prähistorischen Ausgrabungen in Schwanfeld beteiligt und hing abends in Newmans Irish Pub ab. Praktisch, dass sie auch noch die Erbin der Whiskyindustrie von Islay war. Da hatten sich zwei gesucht und gefunden.

Die Kopie der Todeserklärung. Newman hatte erst heftig getrauert und dann die Sache zügig vorangetrieben. Eine Abschrift des Testaments. Paul Neumann erbte ein Millionenvermögen, ohne je einen Finger dafür krumm gemacht zu haben. Manchen Menschen fällt das Glück in den Schoß.

Manche Menschen helfen ihrem Glück aber auch nach.

Hartmut Grühn hatte immer seine Zweifel gehabt, er hatte auf Drängen seiner Frau sogar einen Privatdetektiv beauftragt – aber alle Nachforschungen waren im Sand verlaufen. Ein Verdacht war geblieben, doch es war nie mehr als ein Verdacht.

Papiere über Papiere. Schreiben von Rechtsanwälten, gerichtliche Verfügungen, Kleinkrieg mit Banken.

Newman war zu Geld gekommen und in den Kampf gezogen. Er eröffnete eine Familienfehde. Guinness gegen *Schweinfurter Grühn*. Die Geschichte mit Eileen war irgendwann zu Ende, aber er hatte ihr Lizenzen abgeschwatzt und scheffelte Geld. Eine Sauerei jagte die andere. Geschäftlich und privat. Bootete Freunde aus und ruinierte Frauen. Verschrieb seine Seele dem Teufel, paktierte mit der Mafia. Natürlich damals mit der von der harmloseren Art. Camorra und N'Drangheda waren nichts gegen die Banden aus Aserbaidschan. Seine Diskothek wurde Umschlagplatz für alles, womit sich in Schweinfurt dreckiges Geld verdienen lässt.

Hartmut Grühn fegte den Aktenstoß ärgerlich beiseite.

Eines Tages wird auch Newman sich sein eigenes Grab schaufeln, dachte er. Vielleicht hätte man ihm früher an den Kragen gehen sollen. Aber die Gefahr war immer: Der Schuss konnte auch nach hinten losgehen. Denn Paul Neumann war schlau und gerissen, er verfügte über Verbindungen und Beziehungen, war völlig skrupellos.

Und auch er hatte mit Sicherheit Akten über Schweinfurter Geschäftsleute mit vermeintlich weißen Westen.

Wie heißt es so schön?, dachte Hartmut Grühn: Eine Krähe hackt der anderen kein Auge aus.

So war es wohl.

Er sammelte die Akten wieder zusammen, legte sie in den Safe zurück und verließ das Büro. Draußen ging der Tag in einen prächtigen Abend über. Es war immer noch brütend heiß. Im Keller würde es kühl sein. Angenehm kühl. Genau die Temperatur, um an einem Tag wie diesem Ärger, Anspannung, Sorgen und Trauer herunterzukühlen auf ein Maß, dass das Leben erträglich machte.

Hartmut Grühn überquerte den Hof, schlüpfte durch einen schmalen Gang in einen der alten Hinterhöfe der Brauerei, wo sich in einem Nebengebäude eine unscheinbare Holztür befand. Er schloss sie auf, betrat das Gebäude, verriegelte die Tür von innen, machte Licht und nahm die Treppe, die steil nach unten führte.

Es waren viele Stufen, mit jedem Schritt stieg er weiter hinab in die Vergangenheit. Ganz am Ende stieß man auf Gewölbe aus Schweinfurts Mittelalter. So weit ging Hartmut Grühn nie, er benutzte auf einer mittleren Ebene einen Gang, der an einer graugestrichenen Eisentür endete.

Heute hörte er aus der entgegengesetzten Richtung, aus einer diffusen Dunkelheit, weit entfernt Geräusche, die gedämpft von tief unten kamen. Ein Schluchzen, ein Heulen, Stimmen, dumpfe Schläge.

„Was zum Teufel ist das denn?“

Es gab hier irgendwo eine Treppe, die zu dem sehr alten Kellerlabyrinth der Brauerei führte, das sich bis unter die halbe Altstadt hinzog und weit verzweigt mit vielen anderen Kellern in Verbindung stand.

Ein paar roh zugehauene Stufen. Plötzlich roch es modrig. Er wusste, dass er nicht weitergehen konnte, weil es unten keine Beleuchtung mehr gab. Hartmut Grühn tastete sich noch ein paar Schritte vorwärts. Plötzlich grellte Licht auf. Der Schein einer starken Taschenlampe leuchtete ihm ins Gesicht, blendete ihn.

„He! Verdammt ...!“

Er sah durch die Lichtflut vor seinen Augen etwas auf sich zukommen, das er nicht mehr abwehren konnte. Es krachte über der Nasenwurzel ungebremst gegen seine Stirn.

30

Er begriff die Bedeutung ihrer Worte nicht sofort.

Es dauerte ein paar Sekunden. Zwei oder drei Sekunden. Dann verstand er fast alles.

„Natürlich“, sagte er. „Lothar. Wer sonst?“

Sie nickte. Ein strahlendes Lächeln lag nun auf ihrem Gesicht.

„Das sind ja eine Menge Erklärungen, die Sie mir da schulden“, sagte Blacky.

„Ich bin nur die Botschafterin“, erwiderte sie. „Erklären wird er Ihnen alles.“

„Wo ist er?“

„Das darf ich nicht sagen.“

Klar. Er wollte wie immer unvermutet auftauchen. Einfach so. Das alte Spiel.

„Also brauche ich auch gar nicht nach dem Grund zu fragen. Was das alles soll.“

„Richtig. Meine Lippen sind versiegelt.“

„Und jetzt?“

„Wie ich es bereits sagte. Fahren Sie los. Es ist ein weiter Weg nach Dublin.“

Er sah Marie an. Misses Molly schien seinen Blick zu verstehen.

„Ich geh dann mal“, sagte sie. „Meine Mission ist ja erfüllt.“

Chopin begleitete sie schwanzwedelnd nach draußen. Er wechselte seine Stimmungen genauso rasch wie Frédéric Chopin die Tonarten.

„Tja", sagte Blacky. „Du hast's gehört."

„C'est la vie", lächelte Marie.

„Was ich noch wissen wollte ... Diese wilde Geschichte ... die Lothar dir erzählt hat ... Worum ging es denn da?"

„Das wird er dir schon selber sagen. Jetzt, wo er wieder da ist."

„Was weißt du eigentlich alles?"

„Wie meinst du das?"

„Misses Molly war ja wohl eingeweiht. Und du? Hast du gewusst, dass er nicht tot ist?"

„Nein", sagte sie und lächelte rätselhaft. „Aber geahnt. Er liebt das Spiel mit Schein und Wirklichkeit, dein Freund."

„Ich weiß", sagte Blacky. „Das ist ja das Problem."

Sie machten es sehr kurz. Auf französische Weise die drei obligatorischen Küsschen auf die Wangen. Das war's.

Es muss das Herz bei jedem Lebensrufe bereit zum Abschied sein und Neubeginne, dachte Blacky, als er am Strand entlang zurückging. Hermann Hesse hatte alles immer irgendwie gewusst und aufgeschrieben. *Wohlan denn, Herz, nimm Abschied und gesunde ...*

Im Cottage packte er seine Sachen ein, trat auf die Terrasse und ließ seinen Blick wandern. Hinaus aufs Meer, zu den kleinen Inseln und weiter zum Horizont. Er begann zu verstehen. Hier war man tatsächlich am Ende angelangt. Es kam nichts mehr. Nur noch der Atlantische Ozean und in unendlich weiter Ferne Amerika. Wer hier lebte, musste mit sich zurechtkommen. Vielleicht lag darin die Faszination.

Blacky zog die Haustür hinter sich zu. Auf der Kühlerhaube seines Autos lag ein großer Kieselstein. Darunter ein Blatt Papier mit der Adresse des Hotels in Dublin. In steiler Handschrift die Worte *Slán leat – gute Reise. Molly.*

Am Friedhof von Ballyluffininish kam ihm der alte Seamus entgegen, mit einer Angelrute und einem Eimer voller Fische. Blacky stoppte und stieg aus.

„Vielen Dank für alles", sagte er. „Wir sehen uns bestimmt mal wieder. Wenn ich meinen Freund besuche."

Seamus sah ihn aus seinen kleinen hellen Augen fröhlich an.

„Manchmal kommen sie tatsächlich zurück", sagte er. „Die Toten. Aber dann sind's Gespenster. Pass auf dich auf."

„Mach ich. Ach ja, und beim nächsten Mal geb ich 'ne Runde aus. Im Pub. Für alle."

„Damit machst du nichts falsch", sagte der alte Seamus. „Damit machst du bestimmt nichts falsch."

Kurz vor dem Abend war er in Killybegs. Wieder stank es nach Fisch. In der Garda-Station saßen Inspektorin Illaun Shaw und Sergeant Bloom hinter ihren Schreibtischen.

„Ich wollte kurz vorbeischauen und mich verabschieden", sagte Blacky. „Ich fliege morgen früh zurück.

„Das ist eine gute Idee", sagte Illaun Shaw. „Mein Abschlussbericht ist so gut wie fertig."

„Ja", erwiderte Blacky. „Da steht ja dann die ganze Wahrheit drin."

Sie sah ihn prüfend an.

„Wie meinen Sie das?"

„Ach, nichts weiter. Lassen Sie sich einfach überraschen. Ich sagte Ihnen doch: Mein Freund taucht immer unvermutet auf."

„Ich verstehe nicht."

„Macht ja nichts. Wissen Sie, ich bin das von der Polizei gewohnt. Kriminalhauptkommissar Wolfram Bayer von der Kripo in Schweinfurt versteht auch immer alles viel zu spät. Aber das ist ein uraltes Problem. Schon Sherlock Holmes hatte es damit zu tun, dass Inspektor Lestrade von Scotland Yard nie etwas wirklich kapiert hat."

„Ich fasse das jetzt einmal als Scherz auf", sagte Illaun Shaw eisig.

„Mehr ist es ja auch nicht. Und übrigens, grüßen Sie mir Ihren Mann. Vielleicht lese ich mal ein Buch von ihm. Jack Black … das hat doch was."

„Er ist verreist und …" Sie stockte. „Ist ja auch egal."

„Ja", sagte Blacky. „C'est la vie. Er mag sein, was er will. Aber er ist offensichtlich nicht das, wofür ich ihn heute Morgen noch gehalten habe."

„Wofür haben Sie ihn denn gehalten?"

„Das wissen Sie doch, oder?"

„Ich glaube schon. Aber mein Mann mordet nur auf dem Papier."

„Hoffentlich ist es so", sagte Blacky.

Sergeant Bloom räusperte sich verlegen und schaute sehr verblüfft drein. Seine Hand wanderte unter den Schreibtisch und zog die Whiskeyflasche hervor.

„Sie sollten jetzt besser gehen", sagte Inspektorin Illaun Shaw. Sie stand auf und ging ans Fenster.

„Bin schon weg", erwiderte Blacky.

„Wollen Sie noch einen kleinen Schluck für die Reise?", fragte Sergeant Bloom.

„Bestimmt nicht. Sonst nimmt mich Inspektorin Shaw präventiv wegen Trunkenheit im Verkehr fest."

Sie hatte ihm den Rücken zugedreht und sah aus dem Fenster. Eine Antwort gab sie ihm nicht mehr.

Irland war auf der langen Rückfahrt in tiefe Dunkelheit gehüllt. Schwere Wolken verdeckten die Sterne. Hinter Donegal begann es zu regnen, und der Regen hörte nicht mehr auf, bis Blacky spät in der Nacht Dublin erreichte.

31

Newman zittert um sein Leben.

Es war alles so schnell gegangen. Plötzlich hatte sie vor ihm gestanden. Eine Erscheinung aus einer anderen Zeit. Aus einer anderen Welt. Eileen, die wilde Druidin. Ihre Haare waren feuerrot.

Er wollte gerade in sein rotes Mercedescoupé steigen. Wladi hatte kurz zuvor angerufen. Ein Typ von der Kripo sei aufgetaucht, stelle dumme Fragen.

„Verschwinden Sie mal ein paar Stunden von der Bildfläche, Chef“, hatte er gesagt. „Ich sag ihm, ich weiß nicht, wo Sie sind.“

Er beschloss, ins Blaue zu fahren.

Jetzt steht sie vor ihm.

„Kennst du mich noch?“, sagt sie.

Er starrt sie an.

Sie hebt die Hand. Etwas blitzt in der Sonne. Er spürt einen Stich am Hals.

Im Fallen sieht er einen Mann hinter Eileen. Dann sieht er nichts mehr. Fühlt nichts mehr.

Jetzt zittert er um sein Leben.

Nachdem er aufgewacht war, wusste er nicht, wo er war. Er kam langsam zu sich. Sein Mund war mit einem Band verklebt. Die Hände mit Handschellen auf den Rücken gefesselt. Er roch den Moder. Die Dunkelheit war nicht ganz dunkel.

Er zitterte vor Angst und Kälte.

Plötzlich weiß er, wo er ist.

Er beginnt zu wimmern.

Wie ein kleines Kind.

Wo ist seine Mutter? Warum ist sie nicht mehr hier? Sie lag doch dort. Dort. Wo er sie hingelegt hat. Mit Eileen. Sie war schwer gewesen. Die Leiche. Fette Henne hatte Onkel Hartmut seine Mutter immer genannt.

Ach, sie lag ja auf dem grünen Rasen. Bedeckt mit Schmuck von den Hebriden.

Jetzt liegt er hier. Tief unter der Stadt. Wo ihn nie jemand finden wird. So wie seine Mutter auch nie jemand gefunden hat.

Muss er hier sterben?

Natürlich. Der Todesfluch der Hebriden.

Dann kommen sie. Eileen und der Mann. Er hat einen grauen Bart.

Sie setzen ihm zu. Stundenlang. Der Mann schlägt ihn. Eileen kratzt ihn mit ihren Fingernägeln blutig, zieht ihn an den Haaren. Sie reißen ihm das Klebeband vom Mund.

„Was wollt ihr denn?", schreit er.

„Dein Geld", sagt Eileen. „Deine Millionen."

„Ich habe kein Geld", jammert er.

„Du lügst."

„Es ist alles weg. Verjubelt. Ich habe Schulden."

„Du lügst."

„Ich habe Erkundigungen eingezogen", sagt Eileen. „Du bist ein reicher Mann."

„Ich war ein reicher Mann."

„Wir machen ein Geschäft", sagt Eileen. „So wie früher. Du hast mich damals über den Tisch gezogen. Wie du alle über den Tisch gezogen hast. Das wirst du nie wieder tun. Zwei Millionen. Auf ein Konto auf den Cayman Islands. Ganz klassisch. Wie in einem schlechten Film. Dann lassen wir dich am Leben."

„Ich würde euch das Geld geben", wimmert Newman. „Aber ich bin pleite."

Grob wickelt der Mann wieder Klebeband um seinen Mund. Sie stoßen ihn im Schein von Taschenlampen durch enge Gänge, steile Treppen hinauf. Dann gelangen sie ins Freie. Es ist finsterste Nacht. Verfrachten ihn in einen Lieferwagen.

Als sie ihn wieder herauszerren, hört er den Donner, sieht die Blitze. Eine dunkle Wand ragt vor ihm auf. Die Stadtmauer.

Hier wollte er seinen Turm bauen. Ein letztes Aufbäumen gegen seinen Onkel und die anderen Kraken dieser Stadt. Eine Chimäre. Eine Illusion. Denn er war am Ende. Ein paar Wochen noch, und er hätte das Grundstück verkaufen müssen. Newman war wirklich pleite.

„Letzte Chance", sagt Eileen.

Er schüttelt den Kopf, hebt hilflos die Schultern.

„Dann grab dein Grab. Muttermörder!"

Der Mann hat einen Revolver in der Hand. Reicht ihm eine Schaufel.

Wieder schüttelt Newman den Kopf.

Spürt den Lauf des Revolvers an seiner Schläfe.

Newman nimmt den Spaten und beginnt zu graben.

Dort, wo das Skelett seiner Mutter gelegen hat, beginnt er zu graben.

32

Der Tag begann nicht schlecht. Ein frühes, aber opulentes irisches Frühstück im Hotel und am Schalter von *Aer Lingus* dann eine Überraschung: Es war ein Ticket für die Business Class, das hier auf ihn wartete. Misses Molly, ein echtes Organisationstalent.

Blacky genoss die Annehmlichkeiten der *Celtic Lounge*, weitab von den Passagieren der Holzklasse, und das exklusive Boarding. Wann hatte ihm eine Stewardess je einmal wirklich ein Lächeln geschenkt, wenn er ein Flugzeug betrat, und nicht nur mechanisch das geschminkte Gesicht verzogen?

Die hübsche Irin geleitete ihn zu seinem Platz 1 B.

„Welcome, Mister Schwarz. Have a nice flight."

Auf Platz 1 A am Fenster saß Lothar.

„Wie ist das Wetter in Irland?", sagte Blacky zur Begrüßung.

Lothar sah aus dem Fenster.

„Es regnet. Aber das sagt noch nichts über den Rest des Tages. In Schweinfurt regnet es übrigens auch."

„Schön, dich zu sehen. Um das mal ganz lapidar zu sagen."

„Ganz meinerseits", sagte Lothar.

„Du hast es ein bisschen arg spannend gemacht, finde ich."

„Und du bist mir arg auf die Nerven gegangen."

„Wieso das denn?"

„Weil du so plötzlich unangemeldet aufgekreuzt bist. Du hast meine Pläne empfindlich gestört."

„Aha."

„Ich musste sogar Misses Molly einweihen. Damit sie dich abwimmelt. Was leider nicht geklappt hat."

„Dafür hat sie es hervorragend geschafft, mich davon zu überzeugen, mit diesem Flugzeug zu fliegen", sagte Blacky.

„Ich hatte schon Angst, dass du stur bleibst, dich länger in meinem Haus einnistest und weiter mit Marie flirtest."

„Dir ist offensichtlich nichts entgangen."

„Mir entgeht in Ballyluffininish gemeinhin nichts."

„Und wo warst du die ganze Zeit?"

„Immer in deiner Nähe. Sogar auf der Todesklippe hinter einem Felsen. Leider hattest du dann die blöde Idee, in meinem Cottage zu übernachten. Und ich brauchte dringend mein Notebook. Es hat ewig gedauert, bis du endlich eingeschlafen bist. Den Rest der Nacht habe ich mich im Landhaus von Misses Molly einquartieren dürfen. Das liegt ziemlich abgelegen in den Bergen."

„Und wieso hat dich keiner gesehen?", fragte Blacky.

„Jeder hat mich gesehen. Aber ich war doch tot. Und ich hatte mich verkleidet. So wie Sherlock Holmes in ‚Der Hund von Baskerville'. Du erinnerst dich vielleicht daran?"

„Und das hat funktioniert?"

„Klar. Ich habe mich als Fremder verkleidet. Amerikanischer Golfer mit karierten Hosen, Kappe und einer Riesensonnenbrille. Simpler Trick. Die Leute von Ballyluffininish nehmen von den Fremden keine Notiz. Außer im Pub. Aber da bin ich natürlich nicht hingegangen."

„Kaum zu glauben."

„Aber wahr. Nur einmal, vor zwei Tagen, war ich unvorsichtig. Hatte die Sonnenbrille nicht auf. Ausgerechnet der alte Seamus hat mich gesehen und erkannt. Aber er war stockbesoffen und hat geglaubt, ein Gespenst zu sehen. Die Leute von Ballyluffininish glauben sowieso, dass die Selbstmörder, die von der Todesklippe springen, immer wieder als Gespenster zurückkommen."

„Um mal zur wichtigsten aller Fragen zu kommen", sagte Blacky. „Wieso das ganze Theater?"

„Ich denke, der Flug von Dublin nach Frankfurt hat genau die richtige Länge, diese Frage ausführlich zu beantworten. Im Übrigen müssen wir uns beeilen. Es geht um Leben oder Tod."

„Das mit dem Beeilen liegt jetzt nicht in unserer Hand."

„Stimmt", sagte Lothar. „Beim Fliegen liegt nie etwas in unserer Hand. Gut, dass du mich daran erinnerst."

Er zog ein Tablettenröhrchen aus der Tasche.

„Ich schlucke bei jedem Flug immer eine davon", erläuterte er. „Mit einem ordentlichen Drink. Das nimmt mir die Flugangst. Ich glaube dann immer, ich könne selber fliegen. Sehr hilfreich. Neulich habe ich ein paar davon auf meinem Schreibtisch deponiert. Ich glaube, die gute Inspektorin Shaw ist darauf reingefallen."

*

Die Maschine flog in einer weiten Kurve auf die Irische See hinaus. Lothar hatte zwei Gin Tonic geordert, seine Tablette geschluckt und den komfortablen Ledersessel in eine bequeme Position gebracht.

„Seit wann kannst du dir eigentlich Business Class leisten?“, fragte Blacky. „Und das gleich zweimal. Ich hoffe doch sehr, dass ich eingeladen bin!“

„Zur Feier des Tages“, sagte Lothar. „Auferstehung von den Toten sozusagen. Aber um ehrlich zu sein: Misses Molly hat bei der Buchung ein bisschen geflunkert. Sie hat behauptet, ich sei ein genauso berühmter Schriftsteller wie Ken Shaw. Das macht bei einer irischen Fluggesellschaft Eindruck, und sie haben ein Upgrade gewährt. Also entspanne dich und lausche meiner Geschichte …“

*

„Es begann alles vor ein paar Jahren. Eine stürmische Nacht in Ballyluffininish. Alle sind im Pub, und alle sind betrunken. Auch Eileen, die ziemlich verrückte Künstlerin. Sie hat zwar einen kleinen Dachschaden, ist aber eine hochintelligente Frau. Anthropologin und Archäologin aus Schottland. Von den Hebriden, um genau zu sein. Früher hatte sie mal Geld, weil sie aus einer der Whiskydynastien von Islay stammt. Das hat sie aber verjubelt, und heute ist sie arm wie eine Kirchenmaus. Eileen war in dieser Nacht sehr betrunken. Und da hat sie mir zum ersten Mal erzählt, dass sie Schweinfurt kennt. Sie war als Studentin bei diesen Ausgrabungen einer Steinzeitsiedlung in Schwanfeld beteiligt. Im Museum dort ist sie auf einem Bild zu sehen. Dann hat sie noch mehr erzählt. Von einem Mann, der seine Mutter umgebracht hat. Und die Leiche in einem Kellergewölbe versteckte, wo sie nie gefunden wurde. Ein Mord aus Habgier, um an ein Millionenvermögen zu kommen. Es war eine wüste Geschichte, und je betrunkener sie wurde, umso mehr hat sie ausgeplaudert. Sie war wohl selber ganz schön tief in die Sache verstrickt, und der Mörder war ihr Liebhaber.

Den Namen hat sie nicht verraten, aber es war nicht schwierig, ihn herauszufinden. Wir kennen ihn alle."

„Jetzt mach's nicht so spannend."

„Paul Neumann. Genannt Newman. Vor etwa dreißig Jahren ist seine Mutter spurlos verschwunden."

„Das habe ich nicht gewusst."

„Ich auch nicht, aber ich habe es recherchiert. Eileens Geschichte dürfte stimmen. Na ja, Ballyluffininish ist weit weg von Schweinfurt, und ich habe das Ganze nicht weiter verfolgt. Doch vor einiger Zeit habe ich mir überlegt, ob ich die Story nicht als Grundlage für einen Krimi verwenden könnte. Ich habe ein bisschen was geschrieben und dann dummerweise Marie davon erzählt."

„Und sie hat es Ken Shaw erzählt."

„Genau. Und das war anscheinend ein Stich ins Wespennest. Ken, mit dem ich nie viel zu tun hatte, hat angefangen, mich zu bedrohen. Mit der dämlichen Begründung, es sei seine Geschichte. Was völlig lächerlich ist. Mir war ziemlich schnell klar, dass etwas anderes dahintersteckt."

„Nämlich?"

„Ich muss jetzt ein Geständnis machen. Mir hat das keine Ruhe gelassen. Und so bin ich eines Nachts bei Ken Shaw … eingebrochen. Nein, eingebrochen kann man nicht sagen … wir schließen unsere Türen ja nie zu. Ich bin also in sein Cottage eingedrungen und habe etwas herumgestöbert. Was finde ich? Ein Manuskript mit meiner Geschichte. Oder sagen wir so: mit Eileens Geschichte. Da wusste ich alles. Ken hatte diese Geschichte ebenfalls von Eileen gehört. Die beiden hatten früher schon mal was miteinander, und nach einigen Eskapaden sind sie jetzt wieder ein Paar. Oder soll ich besser sagen: Komplizen? Denn Kens Manuskript nimmt eine interessante Wendung. Es führt die Geschichte in der Gegenwart weiter. Dreißig Jahre nach dem Mord reisen die ehemalige Mittäterin und ihr neuer Lover nach Deutschland, um den Mörder von damals in Angst und Schrecken zu versetzen und ihm seine Millionen abzunehmen. Dann lassen sie ihn mitten in der Nacht sein eigenes Grab schaufeln."

„Was ihr Kriminalschriftsteller euch so ausdenkt", sagte Blacky.

„Wir sind immer nah an der Wirklichkeit", antwortete Lothar. „Nun, ich hatte Pech, Ken Shaw kam früher zurück und hat mich ertappt. Er hat völlig hysterisch reagiert, einen Revolver geholt und gedroht, mich umzubringen. Und dabei hat er sich verraten. Er lasse sich von mir doch seinen Plan nicht zerstören, schrie er. Da ging mir ein ganzer Kronleuchter auf. Kens Geschichte war nicht nur eine Geschichte. Er und Eileen waren dabei, sie in die Tat umzusetzen."

„Weit hergeholt", meinte Blacky.

„Keineswegs. Ich bin um mein Leben gerannt, und dann habe ich meinerseits einen Plan gefasst. Erst einmal aus diesem Leben zu verschwinden, um einerseits vor Ken Shaw in Sicherheit zu sein und andererseits ihn in Sicherheit zu wiegen. Es war ziemlich einfach. Die Todesklippe, mein Handy an geeigneter Stelle und ein paar Tabletten auf dem Schreibtisch. Kaum war ich tot, traf Ken Vorbereitungen für eine Reise. Eileen war schon vorher verreist. Ich habe eigentlich keine Zweifel, dass die beiden in Schweinfurt sind."

„Okay", sagte Blacky. „Das ist alles eine ziemlich dünne Konstruktion und wahrscheinlich nur das Phantasiegebilde eines Kriminalautors. Obwohl ich zugeben muss: Ich habe Newman vor ein paar Tagen getroffen, und da war er in heller Aufregung. Er hat davon gefaselt, dass der Tod hinter ihm her sei."

„Siehst du", triumphierte Lothar. „Das Spiel hat begonnen."

„Welches Spiel?"

„Das Spiel vom Sterben des reichen Mannes. So hat Ken Shaw sein Manuskript genannt. Es ist schlecht geschrieben, aber er hat einige brillante Einfälle. Dem Opfer wird zunächst durch einen Todesfluch von den Hebriden gehörig Angst eingejagt. Dann legt ihm seine Komplizin von damals das Skelett seiner Mutter vor die Füße. Schließlich wird er entführt und in einem Kellergewölbe mürbe gemacht. Und die Szene mitten in der Nacht, als der Mann sein eigenes Grab schaufeln muss – das ist großes Kino. Muss ich neidvoll anerkennen."

„Phantasie", sagte Blacky. „Nichts als Phantasie."

„Wir werden sehen", erwiderte Lothar. „Wir werden sehen."

33

Ein Mann liegt in Schweinfurt.

Auf dem grünen Rasen. Tot.

Er liegt in seiner Stadt. Hier hat er gelebt. Hier hat er geliebt. Und hier hat man ihn gehasst.

Jetzt ist er tot.

Das schwere Gewitter in der Nacht hatte dem Sommer in Schweinfurt den Garaus gemacht. Ein regnerischer kühler Morgen dämmerte herauf und ließ die beklemmende Ahnung aufkommen, dass es auch in diesem Jahr wieder Herbst werden würde.

Brigitte Scheuble philosophierte bereits um halb sechs in der Frühsendung von Main-Radio trübsinnig und ausgiebig über dieses Thema. Natürlich plätscherte nach ihrer Moderation dann auch noch *It's raining again* von Supertramp in die nasse Welt hinaus. Wie immer das, was Hörer eigentlich nicht hören wollen.

Patricia war als Chefin vom Dienst seit fünf Uhr da und stinksauer. Sie ging mit einer Tasse Kaffee in der Hand ins Sendestudio zu Brigitte Scheuble und schimpfte los.

„Jetzt reicht's mir aber! Erst macht sich Sören gestern einfach vom Acker, nimmt anscheinend ungefragt Hitzefrei, und heute verpennt er auch noch. Was ist los mit dem Kerl? Er ist doch sonst so zuverlässig."

„Die Hitze", sagte Brigitte Scheuble in ihrer mitleidigen

Art. „Sie macht einen ganz verrückt. Und Sören kommt aus Norddeutschland. Er ist sehr hellhäutig. Vielleicht war das Wetter zu viel für ihn."

„Ja", meinte Patricia. „Aber heute ist es kühl. Es regnet. Ostfriesenwetter. Trotzdem geht der Kerl nicht ans Handy. Und ich darf den ganzen Frühdienst allein machen."

„Es ist ja nicht viel los heute", sagte Brigitte Scheuble begütigend. „Ein ganz ruhiger Tag in Schweinfurt."

Der tote Mann auf dem grünen Rasen ist sehr bleich.

Seine langen grauen Haare sind klatschnass.

Seine Kleidung ist voller Schmutz.

Neben ihm liegt eine Schaufel.

Um halb sieben flog die Tür zur Redaktion auf und Olaf Röder stürmte herein. Patricia blieb fast das Herz stehen. Sie sah ihn völlig entgeistert an.

„Bist du's oder ein Gespenst?", fragte sie.

„Was soll die blöde Frage?"

„Olaf, es ist halb sieben morgens."

„Ich weiß."

„Du warst noch niemals um diese Zeit hier. Solange ich denken kann."

„Newman ist tot", sagte Olaf Röder. „Vanessa hat mich angerufen."

„Vanessa?"

„Unsere frühere Praktikantin. Sie macht ein Praktikum in der Einsatzzentrale der Polizei. Sehr praktisch für uns. Es weiß noch niemand. Ich muss jetzt telefonieren. Schick Sören zu mir. Er muss dringend ein paar Betroffenheitsstatements holen."

„Sören ist noch nicht da. Er hat sich seit gestern nicht mehr gemeldet."

„Himmelherrgottverfluchtescheiße! Einmal wenn man ihn braucht."

„Ist dieser Newman denn so wichtig?", fragte Patricia vorsichtig. „Ich dachte immer, er sei eher eine etwas zwielichtige Figur."

„Ach Gott, was heißt das schon? Nur weil er eine Diskothek hat. Nein, Paul Neumann war ein wichtiger Mann in dieser Stadt. Er war einer von uns."

Olaf Röder nickte ihr bedeutungsvoll zu, ging in sein Büro und schloss die Tür hinter sich.

*

Um sieben Uhr wurde Erika Grühn unruhig. Sie war es gewohnt, dass ihr Mann sehr spät nach Hause kam, sie war es gewohnt, dass er manchmal überhaupt nicht nach Hause kam. Heiße Sommernächte hatten Hartmut Grühn schon öfter in Unruhe versetzt. Aber er rief immer an. Spätestens bis sieben Uhr morgens meldete er sich und sagte, dass alles in Ordnung sei. Und da sie nie eine Frage stellte, hielt er diese Gewohnheit eisern aufrecht.

Heute nicht.

Sie versuchte, ihn auf dem Handy zu erreichen. Es schien nicht auf Empfang zu sein. Sie rief in der Brauerei an. Der Pförtner teilte ihr mit, der Wagen des Chefs stehe auf seinem Parkplatz. Er selber sei aber nicht in der Firma.

Erika Grühn ahnte, wo er war, und ihre Unruhe wuchs. Seit langem machte sie sich Sorgen um sein Herz. Im Keller bei der Modelleisenbahn war er immer ganz allein; nur ein einziges Mal hatte er sie mitgenommen, um ihr den Ort seiner Trauer zu zeigen. Wenn ihm dort unten etwas zustieß, würde ihm niemand zu Hilfe kommen.

Sie ließ alles stehen und liegen und machte sich auf den Weg.

Vom Hochfeld fuhr sie zur Mainberger Straße hinunter und dann stadteinwärts. Die Ampel an der großen Kreuzung stand auf Rot. Zur Linken blinkten zwischen den Büschen und Bäumen Blaulichter. Sie sah, dass die Polizei das gesamte Areal zur Stadtmauer hin abgesperrt hatte. Der Schreck jagte ihr in die Glieder. Es war Paul Neumanns Grundstück. Der Rasen, auf dem zwei Tage zuvor ein Skelett gelegen hatte. Der Zankapfel, um den sich ihr Mann seit Jahren mit Newman, ihrem Neffen, stritt.

Anstatt nach rechts abzubiegen, fuhr sie geradeaus und parkte verbotswidrig in der Rückertstraße. Sie stieg aus, ein Polizeibeamter kam sofort auf sie zu und rief: „Sie können hier nicht stehenbleiben! Fahren Sie weiter!"

„Was ist hier los?", fragte Erika Grühn.

„Das geht Sie nichts an. Steigen Sie ein und fahren Sie weiter!"

„Ich vermisse meinen Mann", sagte sie kurzentschlossen. „Ist hier was passiert?"

„Wer ist denn Ihr Mann?"

„Hartmut Grühn, der Brauereibesitzer. Sie werden ihn kennen."

„Ich kenn nur das Bier", sagte der Polizeibeamte. „Moment, ich frag mal nach."

Er ging ein paar Schritte abseits und sprach in sein Funkgerät. Es dauerte Minuten. Dann kam er zurück.

„Warten Sie einen Augenblick", sagte er. „Kriminalkommissarin Werner will mit Ihnen reden."

Erika Grühn fand die pummelige Kriminalbeamtin unsympathisch. Sie selbst war um diese Zeit wie aus dem

Schächtelchen: geschminkt, frisiert, elegant gekleidet. Marion Werner sah aus, als hätte sie in ihren Kleidern geschlafen und keine Dusche zuhause.

„Frau Grühn", sagte sie, „ich habe zwei Fragen an Sie."

„Ist denn Wolfram nicht da?", fragte Erika Grühn.

„Wolfram?"

„Hauptkommissar Bayer. Er ist ein guter Freund von uns. Am liebsten würde ich nur mit ihm sprechen."

„Er ist auf Dienstreise. Sie werden mit mir vorliebnehmen müssen. Also, erste Frage: Paul Neumann soll Ihr Neffe sein. Stimmt das?"

„Leider ja. Zweite Frage?"

„Wo ist Ihr Mann?"

„Was geht Sie das an?"

„Frau Grühn." Kriminalkommissarin Werner legte eine sanfte Gereiztheit in die Stimme, um sich Autorität zu verschaffen. „Kommen Sie bitte mit, aber machen Sie sich auf einen unschönen Anblick gefasst."

*

Der Notarzt sah zum x-ten Male auf die Uhr.

„Ich müsste dann allmählich schon weiter. Wie lange dauert es denn noch, bis der Kollege aus Würzburg da ist?"

„Keine Ahnung", sagte Kriminaloberkommissarin Kerstin Weiß lustlos unter ihrem Regenschirm. „Die Rechtsmediziner haben einen eigenen Zeittakt. Da ihre Patienten ja schon immer in der Ewigkeit sind, haben sie es nie eilig. Es wäre nett, wenn Sie warten könnten und Ihre Einschätzung direkt mit ihm besprechen würden."

„Der Mann ist an Herzversagen gestorben", wiederholte der Notarzt, ebenfalls zum x-ten Male. „Hundertpro. Und zwar schon vor Stunden. Was gräbt der auch hier mitten in der Nacht ein Loch?“

„Eher eine Grube“, meinte Kerstin Weiß. „Oder ein Grab.“

Der Leiter der Spurensicherung kam auf sie zu. Sein weißer Schutzanzug glänzte vor Nässe.

„Es ist nicht viel zu machen“, sagte er. „Der Starkregen über Stunden hin hat alles verwischt.“

„Der Regen hat alle Spuren verwischt“, variierte sie den Satz. „Sind wir hier eigentlich im ‚Tatort‘ am Sonntagabend, wo solche blöden Sprüche fallen? Oder an einem richtigen Tatort an einem beschissenen verregneten Morgen in Schweinfurt?“

„Na, Sie haben vielleicht ’ne Laune“, murrte der Beamte. „Wir suchen ja weiter.“

„Der Mann ist an Herzversagen gestorben“, beharrte der Notarzt. „Es gibt keine Anzeichen für ein Gewaltverbrechen.“

„Und die Kratzer im Gesicht?“

„Tja, die …“

„Wir warten mal auf den Kollegen von der Rechtsmedizin. Der hat ’nen andern Blick für so was.“

Ein Streifenwagen hielt außerhalb der Absperrung. Zwei Polizisten begleiteten einen Schrank von Mann mit Glatze und Sonnenbrille.

„Das ist Wladimir Raskolnikoff“, sagte einer der Beamten zu Kerstin Weiß. „Der Leibwächter von Newman.“

„Bodyguard“, sagte der Schrank. „Danke, Kollegen, für die nette Taxifahrt.“

Die Kriminaloberkommissarin deutete auf die Leiche, die mit weitaufgerissenen Augen am Boden lag.

„Ist das Ihr Chef?“

„Ja", sagte Wladimir Raskolnikoff und bekreuzigte sich auf orthodoxe Weise. „Ist er."

„Jetzt sind Sie arbeitslos", stellte Kerstin Weiß süffisant fest. „Na ja, wenn man seinen Job nicht richtig macht."

Raskolnikoff murmelte etwas auf Russisch, das obszön klang.

„Werd ich nicht tun", sagte Kerstin Weiß. „Dafür gibt es Männer. Richtige Männer."

Der Russe glotzte sie an.

„Tja", sagte sie. „Ich kann Dostojewski im Original lesen. Schon mal versucht?"

„Was ist passiert?", fragte Wladimir Raskolnikoff.

„Das frage ich Sie. Wann haben Sie Ihren Chef zum letzten Mal gesehen?"

„Gestern. Er wollte ein bisschen rumfahren. Sein Auto steht aber noch vor dem Haus. Und dann war er verschwunden. Ich habe überall gesucht. Die ganze Nacht."

„Nicht gründlich genug, mein Lieber. Wir werden uns sowieso noch unterhalten müssen. Wegen der Sache mit dem Skelett. Aber erst mal: Hatte Ihr Chef Probleme mit dem Herz?"

„Er hatte viele Probleme."

„Geht es etwas deutlicher?"

Wladimir Raskolnikoff wies auf den toten Paul Neumann.

„Das waren die Männer aus Baku", sagte er. „Sie waren hinter ihm her. Die ganze Zeit schon. Sie haben ihn bedroht. Er hatte furchtbare Angst."

„Warum?"

„Weiß nicht genau. Ich glaube, er hatte was mit einem Mädchen des Clans. Sie kam immer am Freitag in die Diskothek. Er war scharf auf sie. So was mögen die nicht."

„Ja, die Aserbaidschaner“, sagte Kerstin Weiß. „Gut, dass wir die haben. Sie sind immer an allem schuld.“

„Sie müssen mir auch nicht glauben“, erwiderte Raskolnikoff. „Aber das hier … Sie haben ihn gezwungen, sein Grab zu graben. So etwas machen die dort mit ihren Feinden. Der arme Chef. Er ist vor Angst gestorben. Und dann haben sie ihn einfach liegenlassen.“

„Vielleicht“, sagte Kerstin Weiß. „Vielleicht auch nicht. Okay, das war's. Sie hören noch von uns.“

„Weiß ich“, sagte Wladimir Raskolnikoff. „Übrigens, ‚Schuld und Sühne‘ ist das beste Buch von Fjodor Michailowitsch.“

*

Erika Grühn warf einen kurzen und verächtlichen Blick auf Paul Neumanns Leiche.

„Ja, das ist mein Neffe“, sagte sie zu Kriminalkommissarin Werner. „Zweifelsfrei identifiziert. Meine staatsbürgerliche Pflicht erfüllt. Friede seiner Asche. Er wird ja doch wohl eingeäschert. Das ist am billigsten.“

„Sie haben ihn nicht gemocht“, konstatierte Marion Werner.

„Ich habe ihn verabscheut. Und mehr werde ich dazu auch nicht sagen.“

„Ihre Sache. Aber noch mal zu meiner zweiten Frage: Wo ist Ihr Mann?“

„Ich verstehe die Relevanz dieser Frage nicht wirklich.“

„Sie haben meinem Kollegen vorhin doch gesagt, Sie vermissen Ihren Mann. Also scheint er ja irgendwie abhandengekommen zu sein. Und da er in einem … sagen wir … gespannten Verhältnis zu Herrn Neumann stand, würden wir gern mit ihm sprechen. War Ihr Mann denn in der Nacht zuhause?“

Erika Grühn ließ in ihrem dezent geschminkten Gesicht keine Regung erkennen.

„Ich würde mich gern erst mit meinem Anwalt beraten.“

„Frau Grühn.“ Kriminalkommissarin Werner legte jetzt amtliche Strenge in ihre Stimme. „Ich gebe Ihnen einen guten Rat. Lassen Sie den Quatsch mit dem Anwalt. Das ist auch so ein Satz aus dem Fernsehen. Sie machen sich damit nur verdächtig. Sagen Sie mir einfach, wo Ihr Mann ist. Wir werden ihn über kurz oder lang sowieso auftreiben.“

34

Es hatte sich wie ein Lauffeuer durch Schweinfurt verbreitet, dass Newman als Leiche an der Stadtmauer lag. Ein Kranz von Schaulustigen hatte sich gebildet, der stumm Totenwache zu halten schien.

„Da stehn sie da und glotzen", sagte Joe.

Ewald Collin und Luc schwiegen.

Der Rechtsmediziner aus Würzburg war mittlerweile eingetroffen und hatte eine erste oberflächliche Untersuchung abgeschlossen.

„Dann lassen Sie mal hören", sagte Kriminaloberkommissarin Kerstin Weiß.

„Na, ich stimme dem Herrn Kollegen von der Notfallmedizin insofern zu, als der Tod höchstwahrscheinlich durch akutes Herzversagen eingetreten ist. Allerdings glaube ich doch, es steckt mehr dahinter. Schauen Sie mal …"

Er kniete sich neben die Leiche und legte den Finger auf Newmans Hals. Kerstin Weiß und der Notarzt beugten sich zu ihm herab.

„Hier ist eine Einstichstelle. Da hat jemand ziemlich grob eine Spritze reingehauen. Die Substanz dieser Injektion werden wir mit Sicherheit feststellen können."

„Okay", sagte Kerstin Weiß. „Damit scheint's ein Fall zu sein. Wie schön. Dieser Mann hatte viele Feinde. Das wird ein Heidenspaß."

„Ist halt Ihr Job“, sagte der Rechtsmediziner. „Wir obduzieren heute noch. Erste Ergebnisse gegen Abend.“

*

Endlich hörte der Regen auf, und Kerstin Weiß faltete den Schirm zusammen.

Dann wurde sie von Kriminalkommissarin Marion Werner zusammengefaltet.

„Kerstin, das ist eine Zeugenaussage. Verstehst du? Die kannst du nicht einfach so vom Tisch wischen. Und darf ich dich daran erinnern, dass du dich auch über das Skelett lustig gemacht hast? Eine Pharaonentochter und ein germanischer Stammesfürst, nicht wahr? Du willst immer so hip und cool sein, und dann bist du manchmal dermaßen borniert, dass es weh tut.“

Kerstin Weiß’ graue Augen verengten sich, bis sie nur noch schmale Schlitze waren.

„Gut, dann hol sie her. Hör ich mir den Esoterikquatsch eben an.“

Eigentlich wusste sie selbst nicht so genau, weshalb sie gerade dermaßen empfindlich reagierte. Marion Werner hatte ihr mitgeteilt, dass „die Sandra“ gekommen sei, um eine Aussage zu machen. Sie wüsste angeblich etwas von einem Todesfluch, dem Newman zum Opfer gefallen sei. Das war ihr völlig gegen den Strich gegangen.

„Ich denk im Traum nicht dran, mich mit so einem Blödsinn zu beschäftigen“, hatte sie gefaucht. „Schick das durchgeknallte Trampeltier einfach weg!“

Da war Kriminalkommissarin Marion Werner der Kragen geplatzt. Zum ersten Mal überhaupt warf sie der Kollegin das an den Kopf, was sie schon immer gedacht hatte.

Zu ihrem Erstaunen lenkte Kerstin Weiß ein.

Sandra Gall trug eine wetterfeste Jacke in den Farben des Regenbogens und hatte eine schottische Clanmütze mit Bommel auf.

„Sehr schick", sagte Kerstin Weiß. „Okay, legen Sie los. Aber fassen Sie sich kurz."

„Erst mal will ich sagen", begann Sandra Gall, „dass ich mir Vorwürfe mache. Ich hätte nicht schweigen sollen. Aber Newman und Kunigunde haben mich dazu verpflichtet."

„Wer zum Teufel ist Kunigunde?"

„Kunigunde Buntvogel, Mitinhaberin der Buchhandlung ‚Kakadu' am Marktplatz. Ich habe sie um Rat gefragt, als Newman mit der Todesrune und dem Fluch der Hebriden zu mir gekommen ist."

„Okay", sagte Kerstin Weiß. „Ich bleibe ganz ruhig. Fangen Sie mal am Anfang an."

„Boah, wo ist der Anfang? Vielleicht schon damals, als Kunigunde Buntvogel in Edinburgh keltische Sprachen studiert hat? Und Eileen Scott kennenlernte? Die beiden wurden Busenfreundinnen, und Kunigunde brachte Eileen nach Unterfranken, wo sie an den archäologischen Ausgrabungen in Schwanfeld teilnehmen konnte. Ja, das war der Anfang. Eileen traf im Irish Pub in der Oberen Straße Newman, es muss dann wohl irgendwie ein Whiskyhandel aufgezogen worden sein, an dem auch ein paar Schweinfurter Hippies beteiligt waren. Näheres weiß ich aber nicht. Zu der Zeit war Newman eigentlich mit Kunigunde liiert, sie waren angeblich sogar verlobt, und ich hab mal gehört, sie hätte ihm zuliebe ein Kind abgetrieben. Dann hat Newman sie mit Eileen, ihrer besten Freundin, betrogen und schließlich sitzenlassen. Ja, so war das."

„Schön“, sagte Kerstin Weiß. „Eine Schweinfurter Soap. Das war vor dreißig Jahren, oder?“

„So in etwa.“

„Wird's auch noch irgendwie aktuell?“

„Allerdings. Vor ein paar Tagen ist Newman bei mir im Laden aufgekreuzt. Ein Schatten aus der Vergangenheit sozusagen.“

„Wieso?“

„Weil ich vor über zehn Jahren auch … na ja, mit ihm … egal. Jedenfalls, Newman hatte Angst. Etwas, das man von ihm eigentlich nicht gewohnt ist. Er hatte Dinge bei sich, die ihm anonym zugeschickt worden waren. Und die waren schon angsterregend. Also wenigstens für jemanden, der sich damit auskennt.“

„Und was waren das für Dinge?“ Kerstin Weiß verbarg überhaupt nicht mehr, wie genervt sie war.

„Ein Stein mit der Todesrune der Wikinger. Und ein Stück Leder. Darauf war in gälischer Sprache der Todesfluch der Hebriden eingeprägt.“

„Du liebe Güte“, stöhnte Kerstin Weiß. „Sie wissen schon, dass wir im 21. Jahrhundert leben?“

„Sie haben ja keine Ahnung“, sagte Sandra Gall gelassen. „Es ist ein sehr spezieller Fluch, einmalig in der Welt. Man kann ihm nicht entgehen. In diesem Fall wurde er über einen Muttermörder verhängt. Ich habe dann Kunigunde Buntvogel um Rat gefragt. Sie ist ja eine ausgeprochene Expertin für solche Sachen und konnte das Gälische natürlich übersetzen. Newman ist danach vor Angst fast wahnsinnig geworden.“

„Er hat daran geglaubt?“

„Natürlich hat er daran geglaubt“, sagte Sandra Gall empört. „Was denken Sie denn? Er war früher mit Eileen zusammen. Verstehen Sie?“

„Nein.“

„Eileen ist eine Druidin. Eine mächtige Priesterin. Ihm war klar, dass diese Drohbotschaft nur von ihr kommen konnte. Und Kunigunde war sich sicher, den Grund dafür zu kennen.“

„Nämlich?“

„Newman hat seine Mutter umgebracht. Und nach vielen Jahren wurde er dafür nun zur Rechenschaft gezogen. Sehen Sie … da liegt er!“

Sandra wies anklagend auf die Leiche Paul Neumanns, die inzwischen mit einer schwarzen Plastikplane abgedeckt worden war.

„Ich hätte nicht schweigen sollen“, sagte sie. „Aber nun ist es geschehen.“

„Also suchen wir eine Druidin“, sagte Kerstin Weiß sarkastisch. „Und wie habe ich mir die vorzustellen?“

„Sie werden sie nicht finden“, sagte Sandra Gall. „Eileen ist viel zu mächtig dafür.“

35

Okan Demir klingelte so lange Sturm, bis sein Bruder verschlafen den Kopf aus dem Fenster steckte.

„Sag mal, hast du sie noch alle?"

„Mach auf", rief Okan Demir. „Lass mich rein. Es ist etwas passiert."

Murat Demir schloss das Fenster, lief nach unten und öffnete die Haustür.

„Was ist los? Ist etwas mit Hülya?"

„Nein, ich fahre jetzt gleich zum Flughafen, um sie abzuholen. Paul Neumann ist tot."

„Oh."

Murat Demir ging ins Atelier und setzte sich auf einen Stuhl.

„Haben sie ihn abgemurkst?", fragte er.

„Weiß nicht. Vielleicht. Es könnte auch sein, dass es ein Herzinfarkt war. Er lag heute Morgen tot mitten in der Stadt."

„Ist doch gut", sagte Murat Demir. „Dann hat sich die Sache ja erledigt."

„Hast du die Bilder?"

„Ja. Aber …"

„Gib sie mir."

„Wieso? Der Typ ist tot, und wir können die Geschichte vergessen."

„Du vielleicht", sagte Okan Demir. „Ich nicht."

„Was soll das heißen?"

„Murat, es ist nicht nur, dass Paul Neumann diese Leyla geschwängert hat und der Clan deshalb in heller Aufregung war …"

„So hast du es mir aber erzählt."

„Die Dinge sind eben immer noch etwas komplizierter. Gut, dass Neumann diese Riesendummheit begangen hat, das war eigentlich schon heftig genug. Aber er hatte finanziell enorme Schwierigkeiten, und da hat er den Clan bei einem Geschäft mächtig übers Ohr gehauen. Das konnte er gut: andere übers Ohr hauen."

„Doch nun ist er tot."

„Ja, aber ich stecke noch mit drin."

„Ach, du warst bei diesem krummen Geschäft beteiligt?"

„Kann man so sagen. Und die wissen das natürlich. Jetzt ist Neumann tot, also werden sie sich auf mich stürzen. Und deshalb brauche ich die Bilder weiterhin als Lebensversicherung."

„Abi, sag mir die Wahrheit … Es ging von Anfang an darum, oder?"

„In gewisser Weise schon."

„Toll. Letztlich war dir dieser Neumann scheißegal, und du willst dieses Mädchen dazu benutzen, deinen Arsch zu retten."

„Darum geht es im Leben doch immer, Murat. Den eigenen Arsch zu retten."

„Und du glaubst, mit diesen Bildern schaffst du das?"

„Zeigst du sie mir?"

Murat Demir warf seinem Bruder einen finsteren Blick zu.

„Komm mit."

Sie gingen ins Büro hinter dem Atelier, Murat Demir klappte einen Laptop auf und öffnete eine Datei.

„Da, geil dich dran auf."

Eine Flut von Aufnahmen. Leyla, die dunkelhaarige Schönheit aus Aserbaidschan. Nackt, in allen denkbaren Posen. Ästhetisch und obszön. Ein Traumkörper. Vollendet. Sinnlich und erregend.

„Was heute alles möglich ist", sagte Okan Demir. „Du bist echt ein Könner."

„Heute ist alles möglich. Und stimmt, die Montagen sind perfekt."

„Damit habe ich sie in der Hand", sagte der Rechtsanwalt. „Leylas Vater wird mich schützen, wenn ich ihm damit drohe, diese Bilder anderen Clanmitgliedern zugänglich zu machen."

„Weißt du, was ich glaube", erwiderte Murat Demir. „Dass du sehr bald auch ein toter Mann sein wirst. Und ich ebenso."

36

Sören hatte sich erst die Seele aus dem Leib geschrien und dann in sein Schicksal ergeben.

Auf der Armbanduhr verfolgte er, wie die Stunden vergingen.

Draußen musste es jetzt schon wieder heller Tag sein, hier unten in diesem Keller war es dunkel und kalt.

Er war jetzt schon über zwanzig Stunden hier.

Längst hatte er alle Möglichkeiten durchdacht und war zu dem Ergebnis gelangt: Es war nur eine Frage der Zeit, bis man ihn finden würde. Es war allerdings auch die Frage, wie lange diese Zeit dauern würde.

Der Durst war schon jetzt das Problem. Ein Problem, das immer größer wurde. Er stellte sich ein Jever vor.

Das Problem des Hungers war noch nicht ganz so groß. Trotzdem hatte er Hunger. Er stellte sich ein Matjesbrötchen vor.

Das Geschrei hatte irgendwann in der Nacht aufgehört. Der Mensch im Raum nebenan stöhnte nach wie vor. Er schien Schmerzen zu haben.

Es war alles so schnell gegangen.

Er war die Treppe hinabgestiegen, die in einem ummauerten Schacht abwärtsführte. Die rostfarbene Eisentür unten war offen gewesen. Moderne Kelleranlagen einer modernen Brauerei. Er war eine Weile umhergestreift, dann hatte er eine weitere Treppe gefunden. Sie endete an einer Holztür, die lediglich mit einem uralten Riegel gesichert war.

Dahinter begannen alte Kellergewölbe. Erst gab es noch vorsintflutliche Lichtschalter und funzlige Glühbirnen. Immer wieder Gänge und Treppen. Schließlich war es mit der Beleuchtung vorbei. Sören schaltete die Taschenlampe seines Smartphones an. Er fühlte sich wie ein Entdecker. Abenteuer pur.

Plötzlich stand dieser Mann vor ihm. Mit einer sehr starken Taschenlampe, die ihn blendete. Als er den Strahl aus seinem Gesicht nahm, sah er den Revolver. Der Lauf war auf ihn gerichtet.

„Go!"

Der Mann sprach englisch. Sören dachte an Flucht und ließ es sein. Eine Revolverkugel war wahrscheinlich schneller.

Schließlich stieß ihn der Mann in einen Raum. In einen blöden, kleinen Kellerraum. Machte die Tür zu und verriegelte sie von außen.

Irgendwann gab der Akku des Smartphones seinen Geist auf. Handyempfang hatte er sowieso keinen gehabt.

Dann fing von weiter entfernt das Geschrei an. Es klang, als ob jemand Prügel beziehen würde.

Später hörte er, wie jemand in einen Raum neben ihm gebracht wurde. Da fing die Stöhnerei an.

Heiße Wut machte sich in ihm breit.

Später zitterte er vor Kälte.

Er schiss sich fast in die Hose vor Angst.

Und dann ging wieder alles sehr schnell.

Getrappel von vielen Füßen. Laute Rufe.

„Hier!", brüllte Sören. „Hier!"

Der Riegel knirschte, die Tür wurde aufgestoßen.

Er hörte eine Frauenstimme im Gang. „Das ist mein Mann. O Gott, er ist verletzt."

Wieder Taschenlampen. Zwei Feuerwehrmänner und ein Polizist standen vor ihm.

„Wer sind Sie denn?", fragte der Polizist.

„Ich bin Sören Eckenstade", sagte Sören. „Von Main-Radio Schweinfurt."

37

Auf der A 3 hatte Lothar ihn angetrieben: „Gib dem alten Rostkübel mal die Sporen!"

„Das ist kein Rostkübel", sagte Blacky, „sondern meine Fiat Barchetta."

„Heißt das nicht ‚mein Fiat Barchetta' und ‚der Fiat Barchetta'?"

„Quatsch", sagte Blacky. „Sei nicht so oberlehrerhaft."

„Wolltest du dir nicht schon länger ein neues Auto kaufen?"

„Irgendwie schon. Aber ich häng nun mal an der kleinen Hübschen."

Sie rasten durch den Spessart, an Würzburg vorbei, die A 7 hoch, auf der A 70 weiter und erreichten Schweinfurt am späten Vormittag.

Nach der Maxbrücke zuckelte auf dem Paul-Rummert-Ring ein Leichenwagen des Bestattungsunternehmens *Medich* vor ihnen her. Dann sahen sie den Menschenauflauf. Wie ein Kranz stand die halbe Stadt zwischen dem Marienbach und der Stadtmauer.

„Was ist denn hier los?", fragte Blacky.

„Wir sind zu spät gekommen", sagte Lothar. „Das Spiel vom Sterben des reichen Mannes hat bereits stattgefunden."

„Ich glaube es immer noch nicht. Was machen wir jetzt?"

„Wir teilen uns auf. Du schaust dich um, und ich suche Ken Shaw."

„Glaubst du wirklich, er ist hier?"

„Natürlich. Es ist seine Geschichte. Denkst du, die lässt er sich entgehen?"

Blacky parkte die Barchetta in der Mainberger Straße und ging hinüber zur Stadtmauer. Der Leichenwagen rangierte rückwärts über den Rasen. Kriminaloberkommissarin Kerstin Weiß stand neben einer schwarzen Plastikplane.

„Da bin ich wieder", sagte Blacky.

„Wo kommst du denn her?", fragte sie überrascht.

„Direkt aus Irland. Dort ist es schön. Es gibt Regenbögen, bitteres Bier, Schafe und viel Landschaft."

„Ja, gut", sagte sie. „Musst du mir mal erzählen. Ich bin jetzt aber im Dienst."

„Das sehe ich. Wer liegt denn unter dieser Plane?"

„Du, das ist ein Tatort. Du hast hier eigentlich nichts verloren."

„Ich bin von der Presse", sagte Blacky. „Also sag schon."

„Okay, es weiß eh jeder. Newman. Er wurde heute Morgen hier gefunden."

„Ich glaube es nicht", sagte Blacky. „Ich glaube es nicht."

„Was glaubst du nicht?"

„Das ist eine lange Geschichte. Aber jetzt kann ich dir helfen."

„Wobei?"

„Bei deinen Ermittlungen."

„Danke. Ich komme schon allein klar."

„Bist du sicher?"

„Natürlich."

„Weißt du", sagte Blacky. „Irland ist voller Geschichten.

Da gibt es zum Beispiel die Geschichte von einem Muttermörder, der hier in Schweinfurt sein eigenes Grab schaufeln muss."

Kerstin Weiß schaute ihn entgeistert an.

„Ich könnte dir sogar sagen, wer ihn dazu gezwungen hat. Aber du kommst ja allein klar."

Blacky genoss seinen kleinen Triumph.

„Wie haben sie ihn eigentlich umgebracht?", fragte er.

„Er ist nicht umgebracht worden."

„Aber er ist doch tot."

„Okay, pass auf", flüsterte sie. „Wir machen ein Geschäft. Du sagst mir was, ich sag dir was."

„Du zuerst."

„Na gut. Newman ist mit größter Wahrscheinlichkeit an Herzversagen gestorben."

„Interessant", sagte Blacky. „Eine Variante der Geschichte."

„Jetzt du."

„Ken Shaw. Irischer Kriminalschriftsteller. Sehr bekannt. Und Eileen, seine Komplizin."

„Eileen Scott? Auf die sind wir auch schon gestoßen."

„Sie sind beide hier. Zumindest glaubt Lothar das."

„Lothar? Was ist eigentlich mit ihm?"

„Das ist eine eigene Geschichte. Auch so eine irische Geschichte. Da kommt er übrigens."

Lothar schlenderte herbei.

„Ach, Schweinfurts flotteste Polizistin", sagte er. „Voll im Dienst?"

„Wie du siehst", sagte Kerstin Weiß. „Und schön, dich zu sehen."

„Ganz meinerseits."

„Und?", fragte Blacky. „Hast du sie gesehen?"

„Wen?“

„Na, Ken Shaw. Und Eileen.“

„Ach so, ja, aber nur kurz. Sie hatten es eilig.“

„Wie bitte? Warum hast du sie nicht festgehalten?“

„Warum sollte ich?“

„Du lässt zwei Mörder laufen?“, fragte Blacky entrüstet.

„Mörder? Wieso Mörder? Gab es einen Mord?“

„Äh ... Eigentlich nicht. Wenn du so fragst. Aber ...“

„Wissen wir wirklich, was geschehen ist?“, sagte Lothar. „Ein Mann bringt seine Mutter um, vor langen Jahren. Und jetzt plagt ihn sein böses Gewissen. Er fühlt sich von allen Teufeln gehetzt. Vielleicht hat er sogar noch mehr Dreck am Stecken. Wahrscheinlich hat er Feinde. Viele Feinde. Mag sein, dass ihm jemand Angst einjagen wollte. Aber vielleicht war es auch nur der Fluch der bösen Tat. Wer kann das schon wissen?“

Blacky sah ihn fassungslos an.

„Und weshalb mussten wir dann so eilig von Irland nach Schweinfurt reisen? Ich dachte, es geht um Leben oder Tod.“

„Ach, darum geht es doch immer“, sagte Lothar. „Außerdem wollte ich sehen, ob eine Geschichte Wirklichkeit werden kann. Und ob die Wirklichkeit genügend Stoff für eine Geschichte abgibt. Jedenfalls habe ich jetzt viele Ideen für meinen nächsten Krimi.“

Wer gern auch die früheren Schweinfurter Kriminalromane lesen möchte, hat mittlerweile die Auswahl unter den folgenden vier Bänden:

Schweinfurter
Kriminalroman

Band 1

Lothar Reichel
Kindertotenlieder
Blacky tritt auf
237 Seiten · Broschur
ISBN 978-3-939103-35-6
10,90 Euro [D]

Keine närrischen Tage in Schweinfurt ...
Die Faschingszeit von Altweiberfasching bis Aschermittwoch lähmt die Stadt. Ausgerechnet auf dem Rückert-Denkmal wird eine Leiche gefunden. Welche Feinde hatte der tote Faschingsprinz, ein angesehener Bürger Schweinfurts? Gleichzeitig beschäftigt ein verschwundenes türkisches Mädchen die Öffentlichkeit. Das Schlimmste ist denkbar, und der Vater beschuldigt die Schweinfurter Polizei schwer. Und wieso sammelt ein besessener Industriemanager alles, was mit den „Kindertotenliedern" Friedrich Rückerts zu tun hat? Eigentlich hat Christian „Blacky" Schwarz, Moderator bei Main-Radio Schweinfurt, anderes zu tun. Er probt fieberhaft für seinen ersten Auftritt mit eigenen Songs. Da er vielleicht der Letzte war, der das türkische Mädchen vor dem Verschwinden gesehen hat, lässt ihm ihr Schicksal keine Ruhe. Auf eigene Faust beginnt er zu ermitteln und sieht sich plötzlich mit zwei Fällen konfrontiert – Fälle, die scheinbar nichts miteinander zu tun haben und am Ende doch ineinander verwoben sind. Gute Ratschläge bekommt er aus dem fernen Irland, wo sein Freund Lothar, Kriminalschriftsteller, in einem Cottage an der Westküste sitzt und gerade über einem Schweinfurt-Krimi brütet.

Schweinfurter
Kriminalroman
Band 2

Lothar Reichel
Karfreitagszauber
Blacky macht weiter
236 Seiten · Broschur
ISBN 978-3-939103-36-3
10,90 Euro [D]

Die Karwoche in Schweinfurt und Umgebung …
Beim Joggen in den Wehranlagen kommt Christian „Blacky" Schwarz, Moderator bei Main-Radio Schweinfurt, einer jungen Frau zu Hilfe. Noch ahnt er nicht, dass er damit erneut in einen mysteriösen Kriminalfall gerät. Sehr zum Unwillen des Leiters der Schweinfurter Mordkommission beginnt er wieder auf eigene Faust zu ermitteln. Während in der Schweinfurter Kirche St. Johannis der Chor für eine Aufführung der Matthäus-Passion von Johann Sebastian Bach probt, trifft sich auf Schloss Mainberg eine obskure Gesellschaft mit merkwürdigen Zielen. Im Lauf der Karwoche ereignen sich dort seltsame Dinge. Was hat es mit dem geheimnisvollen Karfreitagszauber auf sich? Und gibt es Zusammenhänge mit dem Tod von Laura Gabrieli – dem Mädchen, dessen Leiche in einem See gefunden wurde? Blacky erkennt, dass ein undurchsichtiger Amerikaner, eine seltene Maske, nordische Mythologie und der Heilige Gral vielleicht etwas miteinander zu tun haben. Oder sind es mehrere Fälle, deren Fäden sich nur scheinbar kreuzen? Unerwartete Hilfe bekommt Blacky wieder von seinem Freund Lothar, dem Kriminalschriftsteller, der in seinem Cottage an der irischen Westküste immer noch an seinem Schweinfurt-Krimi schreibt.

Schweinfurter
Kriminalroman

Band 3

Lothar Reichel

Walpurgisnacht

Blacky klärt auf

254 Seiten · Broschur

ISBN 978-3-939103-40-0

10,90 Euro [D]

Erneut ist Schweinfurt und Umgebung Schauplatz ungewöhnlicher Verbrechen. Im Hexenbrünnle am Rande des Höllentals wird an einem Sonntagmorgen die nackte Leiche einer Frau entdeckt. Die Mordkommission unter Leitung von Kriminalhauptkommissar Wolfram Bayer steht unter Hochdruck. Denn auch aus dem Ellertshäuser See ist etwas aufgetaucht, das blankes Entsetzen auslöst. Schnell wird klar: Der grausame Mord an der kleinen Laura Gabrieli, der nie aufgeklärt werden konnte, ist Teil eines großen, mysteriösen Komplotts. Aber was steckt dahinter? Während das Team von Main-Radio Schweinfurt die traditionelle Grillparty zur Walpurgisnacht vorbereitet, geht Christian „Blacky" Schwarz wieder eigene Wege. Er stößt auf merkwürdige Machenschaften im Schweinfurter Gerichtsgebäude und entdeckt, dass ehrbare Männer der Stadt offenbar dunkle Geheimnisse haben. Und nicht nur das: Auch Frauen gehen im Verborgenen ganz eigenen Leidenschaften nach. Erstaunt stellt Blacky fest, wie im Hintergrund undurchschaubar Fäden gezogen werden, die es zu entwirren gilt. Beim Knacken eines rätselhaften Codes erhält er Unterstützung von seinem Freund Lothar, der in Irland mit seinem Schweinfurt-Krimi schon wieder nicht weiterkommt. Und diesmal gelingt es Blacky, die Frage zu klären, die Schweinfurt seit langem bewegt: Was ist mit Laura Gabrieli geschehen?

Schweinfurter
Kriminalroman

Band 4

Lothar Reichel
Sommernachtstraum
Blacky spielt mit
233 Seiten · Broschur
ISBN 978-3-939103-48-6
10,90 Euro [D]

Wie jedes Jahr ist das traditionelle Volksfest in Schweinfurt voller Attraktionen. Das *Grauenhaft gruselige Curiositäten-Cabinett* zieht auch Christian „Blacky" Schwarz und Kriminaloberkommissarin Kerstin Weiß an. Aber während hier alles nur Schein und Kulisse ist, wird ausgerechnet in einer Gondel des Riesenrades eine Leiche gefunden. Die Identität des Toten erschüttert selbst den altgedienten Leiter der Mordkommission, Wolfram Bayer, bis ins Mark. Ein solches Verbrechen hat es in Schweinfurt noch nie gegeben. Rasch stellt sich die Frage: Soll die Aufklärung des Falles durch die Machenschaften einflussreicher Politiker verhindert werden? Die Kriminalpolizei der Stadt wird bis an ihre Grenzen gefordert. Denn im Schlosspark des Fränkischen Theaters in Maßbach ist ein weiteres, äußerst brutales Verbrechen geschehen. Ausgerechnet am Rande der Proben zu Shakespeares Komödie „Ein Sommernachtstraum" ist der Regisseur ermordet worden. Lau und harmlos sind die Sommernächte in Schweinfurt und Umgebung diesmal also nicht. Zu allem Überfluss hält auch noch der mysteriöse Absturz eines Heißluftballons die Polizei in Atem. Kein Wunder, dass sich Blacky, Moderator bei Main-Radio Schweinfurt, erneut herausgefordert sieht, eigene Ermittlungen anzustellen, die ihn zu Schauspielern und Schaustellern führen.

Lothar Reichel
Totengräberspuk

Gestaltet von Peter Hellmund
Lektoriert von Monika Thaller
Gedruckt und gebunden von CPI – Clausen & Bosse, Leck

Erste Auflage 2014
ISBN 978-3-939103-56-1

www.buchverlag.hellmund.de
www.schweinfurt-krimi.de